MORIR
PARA VIVIR

Diego Herrero

Primera edición: Agosto 2016

Impreso en España - Printed in Spain

ISBN: 978-84-608-8765-2

A veces, el destino se parece a una pequeña tempestad de arena que cambia de dirección sin cesar. Tú cambias de rumbo intentando evitarla. Y entonces la tormenta también cambia de dirección, siguiéndote a ti. Tú vuelves a cambiar de rumbo. Y la tormenta vuelve a cambiar de dirección, como antes. Y esto se repite una y otra vez. Como una danza macabra con la Muerte antes del amanecer. Y la razón es que la tormenta no es algo que venga de lejos y que no guarde relación contigo. Esta tormenta, en definitiva, eres tú. Es algo que se encuentra en tu interior. Lo único que puedes hacer es resignarte, meterte en ella de cabeza, taparte con fuerza los ojos y las orejas para que no se te llenen de arena e ir atravesándola paso a paso. Y en su interior no hay sol, ni luna, ni dirección, a veces ni siquiera existe el tiempo. Allí sólo hay una arena blanca y fina, como polvo de huesos, danzando en lo alto del cielo. Imagínate una tormenta como ésta.

Y tú en verdad la atravesarás, claro está. La violenta tormenta de arena. La tormenta de arena metafísica y simbólica. Pero por más metafísica y simbólica que sea, te rasgará cruelmente la carne como si de mil cuchillas se tratase. Muchas personas han derramado allí su sangre y tú, asimismo, derramarás allí la tuya. Sangre caliente y roja. Y esa sangre se verterá en tus manos. Tu sangre y, también, la sangre de los demás.

Y cuando la tormenta de arena haya pasado, tú no comprenderás cómo has logrado cruzarla con vida. No. Ni siquiera estarás seguro de que la tormenta haya cesado de verdad. Pero una cosa sí quedará clara. Y es que la persona que surja de la tormenta no será la misma persona que penetró en ella. Y ahí estriba el significado de la tormenta de arena.

Haruki Murakami
Kafka en la orilla

ÍNDICE

PRÓLOGO

Todas las personas, en algún momento de nuestras vidas hemos de tomar una importante decisión, seguir como estamos o cambiar nuestra dirección y nuestro propósito en la vida.

A la toma de esta crucial decisión la llamo "morir". Si elegimos cambiar el rumbo de nuestras vidas, el desbarajuste que al principio se produce es tan grande, que al menos yo lo viví como si fuera una muerte. Todo lo anterior a la toma de esa decisión dejó de servirme. Sí, mi cuerpo era idéntico, pero mi alma, mi corazón y mi vida ya no. Así que por eso decidí titular el libro "morir para vivir", porque los personajes se" mueren en vida" para luego renacer con valentía.

Con el tiempo me di cuenta de que ese "morir" era tan solo un proceso de transición para una nueva vida, para un nuevo "vivir".

Si te encuentras en una situación similar, en la que sientes que todo tu mundo se está muriendo frente, y sobre todo, dentro de ti, espero que encuentres el coraje suficiente para que seas capaz de seguir adelante. Si lo haces, te colocarás en otro lugar de tu existencia y lograrás conseguir todo aquello que siempre has anhelado.

Si ya estás en el proceso, muchas de las cosas que en libro se describen te resonarán por alguna parte. Por supuesto, el libro es ficción, pero hay cosas que son comunes a casi todas las personas, épocas y civilizaciones.

Recuerda que al igual que los guerreros de esta historia, si mantienes el coraje para "morir", en poco tiempo sentirás alegría y una inmensa fuerza para "vivir"

1

EL GUERRERO

Gaizuki, el samurái, está en lo alto de la colina. A su espalda, el acantilado rojo se yergue altivo, inmenso y solitario mientras es golpeado por la furiosa tempestad del mar. El guerrero permanece con una rodilla en el suelo y con su espada desenvainada y clavada en la nieve. Está siendo un duro invierno. El frío, los blancos copos helados y el furioso viento azotan todo su cuerpo. Su larga melena negra es zarandeada por la tempestad y cubre la mitad de su rostro. No obstante él no siente nada. Ha sido adiestrado para luchar, para vencer y si es necesario para morir. Por eso, aunque siente el frío y la nieve, su mente y su cuerpo están preparados para soportarlos.

A pesar de la tormenta invernal, sus ojos oscuros permanecen clavados en el horizonte y en el valle que se alza, blanco y majestuoso, bajo sus pies. Apenas puede ver nada. Al fondo se encuentra el bosque, cubierto ahora por un espeso manto de nieve. Al mirar a lo lejos tan solo puede vislumbrar las copas de los árboles y la negra espesura en su interior. Aunque no puede ver más allá, sabe que ahora mismo entre los árboles y los matorrales, sus más terribles enemigos acuden a su encuentro.

Durante toda su vida ha estado esperando y a la vez evitando este momento. Todo su aprendizaje, sus largas horas de solitario entrenamiento y todas sus habilidades han ido enfocadas para este combate final. Al mismo tiempo siempre ha temido que esta hora llegara. Sigue tenso, oteando el horizonte a la espera de cualquier señal que le indique que ya están allí. Por eso su mirada sigue atenta, penetrante y profunda.

Gaizuki espera que sus enemigos salgan del bosque, sin embargo todavía no es consciente de que ya están a su lado. Siempre lo han estado. Escondidos, mimetizados, tan cerca de él que ni siquiera es capaz de percibirlos.

Ya se siente preparado, y sin embargo, en lo más profundo de su ser hay algo que le inquieta y le incomoda. Tiembla, aunque sabe que no es de frío. Todos sus músculos están en tensión aunque siente que no es por la cercanía del combate próximo. Es el mejor guerrero que jamás haya existido, y hasta ahora nunca ha perdido una batalla a pesar de llevar en su cuerpo y en su alma las cicatrices de sus muchos desafíos.

Hasta ese mismo momento ha luchado siempre valientemente y su cometido en la vida ha sido seguir los mandatos de su señor. Nunca se había planteado si las órdenes eran correctas o erróneas. El creía servir a una causa mayor y más importante que él mismo y por ello cumplía su misión con arrojo, valentía y con una bravura casi suicida.

Ahora en la cima de la colina y con la tormenta helada agitando todos los recovecos de su alma reconoce que tiene la opción de elegir. Y eso le llena de temor. Porque elegir significa también poder equivocarse. Esa posibilidad hace que su corazón lata más deprisa, su cuerpo se tense, su cerebro se acelere y su alma se estremezca.

Por eso mira de nuevo al bosque con fuerza. Aún puede elegir. Por primera vez siente que puede quedarse y luchar o seguir escapando como hasta ahora ha hecho. Y desde esa colina se mantiene arrodillado y apoyado sobre su espada. Duda y reconoce que dudar le hace más fuerte. Sabe que aquel que cree tener la certeza en todo ya ha sido derrotado antes del inicio del combate. Aun así se siente desfallecer. Porque son en los momentos de incertidumbre donde las grandes decisiones de la vida son tomadas y donde tan solo aquellos que deciden transformarse optan por seguir adelante.

El bosque permanece tan lejano y la vez tan cercano. Recuerda cuando hace no mucho tiempo era un niño como los demás y obedecía las órdenes de sus mayores de no penetrar en el bosque. Y él, como los demás niños, seguía y acataba los consejos, porque a fin de cuentas, casi siempre pensamos que los demás saben más que nosotros, sobre todo si son mayores.

Pasaron los años y el guerrero seguía sin atreverse a adentrarse en el bosque. Otros le habían dicho que no lo hiciera. Lo que Gaizuki todavía no sabía es que todos aquellos que le dijeron que se apartara, lo hicieron por el miedo que sentían a traspasar sus propios límites.

Desde niño sabía que dentro de ese lugar frondoso, tupido y misterioso, se escondían las respuestas a sus preguntas. Pero como sucede en la mayoría de las ocasiones, prefirió no aventurarse a descubrir y eligió permanecer durante años a las puertas de la vida. El tan solo era uno más.

Ahora solo y abandonado por el resto, debe tomar una decisión. Y sabe que de esa elección dependerá el resto de su vida. Por eso tiene miedo. Miedo a decidir, miedo a equivocarse, a elegir el camino incorrecto, miedo a vivir y miedo a morir. Por ello se arrodilla y se apoya en su espada aunque sabe que en esta ocasión su katana solo podrá ayudarle si hace la elección correcta.

— ¿Qué es lo que diferencia el triunfo del fracaso? — se pregunta a sí mismo. Y su corazón le responde que tan solo eligiendo vivir puede uno averiguar si triunfó o fracasó. Por eso mira otra vez al valle, vuelve a sentir el viento en su rostro, la nieve en su cuerpo, el aire fresco y limpio en sus pulmones. Escucha con atención el sonido de los árboles mecidos por la tempestad y siente el pulso de la vida. Y allí arrodillado en la cima de la colina elige vivir. En ese mismo momento siente como si todo su mundo conocido muriera ante él en un fugaz y breve instante.

2

ACANTILADO ROJO

La aldea donde nació Gaizuki se encuentra dentro de un valle rodeado de suaves colinas, un frondoso y tenebroso bosque, un río que finaliza su andadura vital en una cascada que va a morir al mar, y un escarpado acantilado que limita por el este la salida del poblado hacia el inmenso y siempre peligroso océano.

Los oriundos del lugar lo llaman desde hace siglos el acantilado rojo. Al amanecer los rayos del sol rebotan sobre tus escarpadas paredes, esculpidas desde hace milenios, día a día, incansable e interminablemente por la fuerza de las olas de un furioso mar, y por el viento, siempre presente en aquel lugar.

El acantilado rojo recibe también ese nombre, debido al color que las rocas y la tierra presentan y por el material específico que las da forma y que los vecinos de la pequeña aldea utilizan desde hace ya siglos para comerciar.

Pero el verdadero nombre del acantilado proviene de una tradición que los pobladores de la zona cumplen desde hace muchas generaciones año tras año, sin cesar. La costumbre consiste en un rito de iniciación por el que todos los habitantes de la aldea han de pasar, sin importar el sexo de la persona, para así cambiar de la niñez a la pubertad, y ser considerados miembros de pleno derecho en la sociedad.

Dicho rito consiste en escalar el acantilado, sin cuerda ni protección alguna que lo proteja, desde la playa hasta la cumbre del mismo sin ayuda de nadie. Así se demuestra que el niño o la niña que lo consigue tiene la valentía suficiente para convertirse en parte activa de la comunidad.

A veces sucede que durante la prueba, el niño pierde la concentración, le fallan las fuerzas, resbala, no tiene la rapidez de reflejos ni la entereza mental como para agarrarse de nuevo. Entonces cae al vacío, rebotando de una cornisa a otra, mientras el sonido del crujir de sus huesos, se entremezcla con el embravecido sonido del mar. En su caída mortal, su sangre va dejando un reguero viscoso y cálido, que luego con el tiempo impregna el acantilado, de una tonalidad rojiza y macabra que da nombre al lugar.

Los habitantes de la aldea son guerreros. Acostumbrados a la lucha y a la muerte diaria, honran con una mezcla de fuerza y tristeza al niño caído y a su familia. Al día siguiente todos reconocen que la vida continúa su camino, y el poblado vuelve a la normalidad.

Aquellos que logran sobrevivir a tan dura prueba son considerados héroes por los suyos. Han demostrado su fortaleza, su madurez y su destreza, y por ello ocupan el lugar que se merecen, porque la niñez ha quedado ya olvidada y comienza el arduo y peligroso camino que inexorablemente conduce hacia el mundo adulto.

Gaizuki con tan solo nueve años tuvo que someterse a la temible prueba. En su escalada suicida hacia la cima resbaló varias veces. Pero siempre tuvo el arrojo, la templanza y la rapidez suficientes como para poder sostener su propio peso y restablecer el equilibrio perdido para continuar su ascensión hacia la victoria. Aun así, una de las veces que perdió la sujeción, su frente golpeó con fuerza una de las duras y frías rocas que frente a él permanecía orgullosamente colgada y sujeta ante el vacío por un hilo invisible. Al impactar contra la enorme piedra, su frente se abrió y comenzó a sangrar profusamente.

Al igual que con otros niños, el acantilado se había cobrado su impuesto sangriento para seguir así haciendo honor a su nombre. Pero esta vez el joven Gaizuki reaccionó con una mezcla de orgullo y rabia, y aun pagando su rojizo tributo, logró aferrarse a otro saliente y mantener así su peso con una sola mano entumecida y doliente, pero que firme y segura, salvó su vida.

Desde la cima de la colina, el resto de la aldea observaba con asombro, la fortaleza y la valentía de aquel niño que por lo menos hasta el momento, había logrado burlar al abrazo de la muerte. Un poco más arriba, los dioses siempre juguetones e impasibles a los sentimientos humanos, seguían tirando los dados del destino, en un juego interminable y siempre impaciente.

Tras horas de superar miedos, obstáculos, dolores y cansancios, Gaizuki llega por fin, solo y exhausto al final de la prueba. Con una fina brecha marcada en la izquierda de su frente, el cuerpo entumecido por el temor pasado y el esfuerzo requerido, y el orgullo interno de haber superado la prueba maldita.

Y allí solo en la colina, triunfante esboza una mueca de triunfo mientras el océano al fondo aplaude con rabia y fuerza su valentía. Al mismo tiempo, el viento silba con alegría la victoria de un niño que ha conseguido vencer a la muerte y ha logrado cambiar su propio destino. Debido a su sangre vertida, hoy el acantilado tiene un color más rojizo, pero está triste y compungido porque sabe que hoy el joven Gaizuki le ha vencido. Y desde aquella solitaria colina, el sonriente niño, convertido ya en guerrero, ha luchado su primera gran batalla y ha sobrevivido.

3

ENSOÑACIONES

Son las 4 de la madrugada y David acaba de despertarse súbitamente de un sueño recurrente. Desde hace ya varios meses sueña con un guerrero solitario apostado en la cima de una colina helada. Todavía no es capaz de comprender el significado de esa imagen. Aun así siente que la desazón le impide volverse a dormir. Es martes y todavía le quedan 3 horas para que suene el despertador y se levante para ir a trabajar.

Sale de la cama y baja de la habitación a la cocina para beber un poco de agua. Sabe que este sencillo acto le ayudará a reconciliar el sueño mientras el líquido lava y se lleva su intranquilidad. Vuelve a subir las escaleras de su dúplex y de nuevo se introduce en la cama.

Es invierno y por lo tanto justo antes de sentir el calor de su edredón de plumas y de su confortable cama, un escalofrío recorre todo su cuerpo. Confundido todavía por su sueño reciente, no sabe si el temblor ha sido producido por las bajas temperaturas que en la noche pernoctan en su ático, o por la intensidad con la que ha vivido el sueño. Poco a poco la calma vuelve a su mente y se va adormilando hasta que un nuevo amanecer repunta por el este y un nuevo día comienza.

Mientras se duerme, el recuerdo del guerrero permanece en su cerebro y siente como una especie de neblina le impide recordar la decisión tomada desde lo más profundo de su corazón.

Noche cerrada, noche eterna, noche oscura, noche insondable. Antes de caer definitivamente en los brazos de Morfeo, se pregunta a sí mismo la razón por la cual la mayoría de los seres humanos tienen tanto miedo y respeto a la oscuridad. Sólo, en su cama, busca con la mano el contacto con Andrea y recuerda que ella ya no está. Ahora tan solo puede abrazar a la soledad que le acompaña y siente el vacío que nos dejan en el alma todos aquellos que un día partieron.

Justo antes de cerrar los ojos, la visión del guerrero solitario en medio de la tempestad vuelve a su memoria. David observa con atención y silencio al guerrero, este se vuelve, y al fijarse en su rostro una ligera sonrisa se dibuja en sus labios. Sin entender el significado de esta mueca divertida, David opta por no darle más vueltas a sus pensamientos y la total oscuridad se apodera de su mente hasta el nuevo día.

4

VIDA DESTRUIDA

A pesar de no ser considerado ya por la sociedad como una persona joven, siempre ha hecho mucho deporte y desde hace varios años es profesor de Kundalini Yoga, un tipo de yoga milenario que mejora notablemente el sistema nervioso y glandular, por lo que físicamente aparenta menor edad. Es moreno, tiene el pelo corto, patillas, y unos enormes y penetrantes ojos oscuros. No es alto, pero su cuerpo es musculoso y fibroso. Tiene la boca perfecta, labios grandes y carnosos, una pequeña cicatriz oblicua en la parte izquierda de su frente, y un pequeño lunar en la comisura del labio inferior derecho que a las mujeres les resulta muy atractivo. Aun así, cuando se mira en el espejo, piensa de sí mismo que es uno más, aunque sabe que cuando sonríe, un halo de luz ilumina su rostro.

Recién cumplidos los 40, David siente que su vida está perdida. Los grandes pilares sobre los que había cimentado su existencia poco a poco se han ido desmoronando. Había creído que el trabajo era para siempre, que el amor nunca se extinguía y que la amistad duraría eternamente.

Como suele suceder casi siempre, cuando más seguro estaba de su lugar en el mundo, de una forma inesperada e incontrolable, una serie de extraños sucesos acabaron por desmoronar aquel lugar de tranquilidad en el que creía encontrarse. Ahora su vida conocida se ha esfumado y observa como todo se tambalea a su alrededor. Se siente como una marioneta del destino cuyo único cometido es ir bailando al compás marcado. Por este motivo, su único deseo es volver a lo anterior, a lo viejo, a lo conocido. Aunque en su interior sabe que todo eso no retornará. Por lo menos no de igual forma.

En apenas cuatro meses su relación de pareja se ha terminado, y la empresa que con tantos esfuerzos ha construido y mantenido durante más de trece años, ha cerrado. Debido a la falta de crédito de los bancos a sus clientes, durante meses no llegaron los pedidos. La situación se hizo insostenible, la empresa de descapitalizó y tuvo que cerrar.

Lo normal en estos casos sería haberse declarado en quiebra. Pero tanto a él como a su hermana con la que trabajaba, su padre les había enseñado el valor del esfuerzo, de la honestidad y del honor. Por este motivo, ambos pidieron unos créditos personales para poder pagar a sus empleados, a pesar de quedarse ellos con bastantes deudas. Los dos hermanos creían que el dinero iba y venía, pero que las conciencias eras muy difíciles de limpiar en caso de hacer las cosas con maldad. Por eso ahora ellos no tenían dinero ni empresa, pero sentían la paz del que actúa con honestidad.

Así que súbitamente, y en un periodo muy corto de tiempo, David estaba solo, sin empleo, con deudas y sin saber muy bien qué hacer con su vida.

Hasta que esos sucesos ocurrieron, él creía tener muchas herramientas para controlar su mundo, y al percibir que realmente no tiene dominio alguno, porque la mayoría de las cosas que nos suceden escapan a nuestro control, se da cuenta de que lo único que le queda por hacer es rendirse ante la realidad.

¡Qué difícil resulta confiar!, sobre todo cuando la vida que hasta ahora conoces se desintegra ante ti. Quizás por este motivo, cuando las cosas se tuercen, la mayoría de las personas ansían volver a lo conocido para así no experimentar el dolor que supone traspasar la puerta que nos lleva hacía un futuro que no sabemos. Tan solo aquellos que logran confiar pueden llegar hasta ese lugar que todos deseamos conquistar.

Tumbado en su sofá, David se da cuenta de que todo sobre lo que había apuntalado su vida se ha ido, se ha esfumado. Mientras mira el techo de su salón, piensa que lo único que no cambia en el mundo es que todo cambia constantemente. Desde su solitaria quietud, es capaz de vislumbrar la belleza de la existencia. A pesar de su tristeza y de su dolor, David, al igual que el solitario guerrero de su sueño nocturno, esboza una sonrisa. Sabe que ahora se encuentra ante una oportunidad única, ya que son en los momentos de crisis profundas cuando las verdaderas transformaciones suceden. Por eso la sonrisa se marca en su rostro, porque ahora es libre y porque ahora acepta el desafío que la vida le ha impuesto.

5

ANDREA

Acaba de ducharse. Mientras desayuna un café con sus galletas favoritas mira a través de la ventana de su pequeño apartamento. Andrea vive en una estrecha calle de una gran ciudad por lo que su visión a través del enorme ventanal es la de un edificio antiguo salpicado de pequeñas terrazas. Allí sentada en su sillón de color rojo, se da cuenta de lo mucho que le echa de menos, muy a su pesar.

Andrea es italiana aunque hace muchos años que vive en España. De mediana estatura, delgada, fibrosa, tiene un precioso pelo negro y corto y unos azules ojos que iluminan su rostro.

Hace poco tiempo que David y ella dejaron su relación. A día de hoy todavía ninguno de los dos sabe muy bien que ha ocurrido. Recuerda como en un bar cualquiera ella le dijo que no sabía y ante eso él la propuso dejarlo. Desde entonces, a parte de algún confuso mail producto del miedo, del enfado y de la rabia, no habían vuelto a hablar ni a verse. Quizás por este motivo los sentimientos de Andrea hacia David son ahora ambivalentes. Su corazón le echa de menos, más de lo que ella quisiera admitir. Siente el dolor de la pérdida y el frío de las noches solitarias. Añora con dulzura el contacto con su cuerpo, la serenidad de su espíritu, la calidez de sus abrazos y la pasión de sus besos. Al mismo tiempo, aunque toda ella sigue unida a él, su mente hace todo lo posible por alejarse. ¡Qué complicado resulta escuchar a nuestras almas cuando el miedo se introduce en la mente y nos invita a escapar!

En su pequeño apartamento, Andrea se debate entre la duda y la tristeza. Ella sabe que a no ser que él la busque de nuevo no hará nada por volver aunque reza cada día para que él retorne a su lado. A fin de cuentas siempre ha sido así. Antes de encontrase con David, Andrea había tenido parejas que la idolatraban, la mimaban, y la consentían todo aquello que ella deseaba. Con tal de estar a su lado, los otros confundían su frialdad por amor, su lejanía por cercanía, y su inmensa y profunda tristeza por alegría. Los otros no sabían leer en sus ojos lo que ella verdaderamente sentía. Por eso al final se cansaba y buscaba una excusa cualquiera para dejarles.

Pero David era diferente. Había algo en él que la hacía estremecer. Era una mezcla de amor y de temor que no sabía muy bien identificar. Había momentos en los que se miraban a los ojos larga y profundamente sin hablar. Ella creía que su hombre la examinaba y la juzgaba, sin embargo él tan solo disfrutaba con intensidad de la belleza de su alma. Había veces en las que le preguntaba cómo podía mirarla tan fijamente sin pestañear, y él tan solo sonreía sin responder. Lo que no sabía, era que en todos esos momentos él la amaba en lo más profundo de su ser. David sí que podía sentir lo que Andrea ocultaba tras sus azules ojos de gata, y eso a ella la desbordaba y la incomodaba.

Tras una inexpugnable armadura de acero se escondía una persona tan sensible y perfecta que quizás un día decidió envolverse a sí misma para no resultar dañada. Como aquellas frágiles piezas de porcelana que se envuelven con plásticos de burbujitas para no romperse. Con el tiempo la envoltura se hizo tan resistente y tan sólida que ella se olvidó del camino de salida. Por eso sufría en soledad y la tristeza brotaba a través de su mirada. Cuán doloroso debía de ser para ella sentirse encerrada en su propia celda. Amaba sin amar, vivía sin vivir, y sentía sin sentir.

Y de repente un día David apareció en su vida. Una tarde de otoño mientras ella estaba en un parque cualquiera, él llegó como un ángel luminoso que aparece por allí por casualidad. Entre los árboles de hojas caídas y el trinar de los pájaros adormecidos, las dos miradas se encontraron y los dos corazones se unieron. En ese instante supieron, desde el primer momento en que se conocieron, que algún día estarían juntos.

— ¡Qué hermosos son los comienzos! —pensaba Andrea. Las noches enteras sin dormir amando sin cesar, los besos apasionados de adolescentes treinta añeros a la entrada del portal, los guiños incontrolados, los cálidos abrazos en las frías noches invernales. Todavía recuerda cuando él se metía antes en la cama y le calentaba las sábanas con su cuerpo desnudo y musculoso, y como ella esperaba vestida a que el dulce aroma de su piel impregnara de calor todo el colchón para rápidamente desvestirse e introducirse junto a él. Ambos reían, se amaban y ella sentía como poco a poco el grosor de su armadura comenzaba a disolverse.

Al mismo tiempo él la dejaba ser. Sabía que también era diferente. Ella, al igual que él, era una guerrera. Una especie en extinción. Tan solo un guerrero es capaz de reconocer otro aun sin que porte las vestimentas ni las armas del combate. Cada vez que él la miraba se quedaba embobado con su belleza. A veces ella le notaba algo distante, y era cierto. Lo que en realidad ocurría es que él se alejaba tan solo un poco para poder observarla en su total plenitud. Y juntos los dos abrían sus corazones a los misterios de la vida, a la profundidad de las miradas, a la calidez de los susurros y a los milagros del amor.

Sí, Andrea lo recordaba todo. Por este motivo aunque su mente no cesaba de decirle que era lo mejor, que volviera a su vida anterior, cosa que ya estaba intentando, y que se ocupara en mil planes para olvidar, según pasaba el tiempo, sabía que realmente le quería.

Cuando la noche caía, los ruidos de la ciudad se aquietaban y la tranquilidad lo impregnaba todo, era capaz de escuchar los susurros de la eternidad. Y en esos momentos sabía que no quería dejarle marchar. Entonces algunas lágrimas resbalaban por sus mejillas y su alma comenzaba a brillar.

Luego en días posteriores volvía a su rutina habitual. No paraba en casa, salía mucho con las amigas, se centraba en su trabajo, en el deporte, y en todo aquello que le ayudaba a olvidarse de él. Pero una vez más, al llegar la noche, el recuerdo volvía a acunarla y no podía ocultar más la llamada de su interior.

Allí sentada en su rojo sofá, Andrea mira a su alrededor. En el interior de su pequeño apartamento blanco, siente como su vida se asemeja al lugar en el que vive. Todo está apelotonado y desordenado. Las ventanas, de gruesos cristales que la separan del mundo exterior, se parecen mucho al escudo protector que ella misma se ha fabricado. El edificio de antigua construcción, esconde tras de sí, unos muros mal aislados que filtran los ruidos de los demás vecinos. Todo es, fachada, rímel para los ojos y maquillaje para intentar ocultar las tristezas de su alma. Y se da cuenta de que su vida es muy parecida. Tras una preciosa percha con un cuerpo escultural, se esconde una niña asustada, sensible y temblorosa, con un miedo terrible a amar.

Andrea solía presumir de lo maravillosa que era su vida. Pero en el fondo sabe que esto no es cierto. Realmente detesta su mundo. Constantemente se queja de su trabajo, de sus amigas, de su familia y de su situación personal. Nota como los años van pasando y su piel empieza a agrietarse y a caer por el peso de la gravedad. Como publicista, sueña algún día con la fama y mientras tanto sobrevive ideando anuncios sobre temas que para ella resultan absurdos y aburridos. Para Andrea lo más importante del mundo son sus amigas. A pesar de ello, no se siente bien a su lado porque por temor a sus opiniones no puede ser ella misma. Por eso se siente encerrada, una vez más, en su aislada y aséptica celda sin cerrojo.

Entonces apareció David en su vida. Y a su lado conoció cosas que antes tan solo podía imaginar. Junto a él descubrió que se puede tener una vida plena con cosas sencillas, que no hacía falta cuidar ni obsesionarse tanto con la fachada externa, porque cuando lo de dentro se mantenía hermoso, eso era algo que automáticamente se trasladaba hacia el exterior. A su lado se dio cuenta de que casi todo lo que nos vendían y mostraban en las revistas o en las televisiones eran tan solo envoltorios de regalos vacíos. Descubrió también la gran diferencia que existe entre vivir y sobrevivir, que era lo que hasta ahora Andrea había hecho con su vida.

Entonces ella le endiosó. Pensó que con él todos sus problemas se solucionarían. Creyó que David era una especie de maestro que iba cambiar su vida para siempre. Y no se dio cuenta de que David era un hombre que tan solo intentaba encontrar su propio camino.

Él constantemente le decía que tan solo hacía lo que podía y que sabía que estaba en el camino correcto a pesar de equivocarse, de tener muchas dudas y de caerse continuamente. David le insinuaba a menudo que él podía acompañarla, apoyarla y estar a su lado, pero que cada uno es dueño de su destino y que tan solo ella misma tenía la responsabilidad de guiar su propia vida. Pero Andrea no escuchaba.

Al principio asentía feliz a muchas de las cosas que David le contaba. Todo era fácil y los resultados eran muy llamativos. Experimentaba cosas que jamás antes había sentido. Poco a poco comenzaba a desarrollar su propio don y comenzó a pensar que realmente había encontrado, por fin, la salida a su cárcel de cristal.

6

EL FORJADOR DE ESPADAS

Gaizuki, el samurái, pertenece a la estirpe de los "kajis". Los forjadores eran una especie de sacerdotes o magos que seguían unos ritos precisos y exactos, desde la extracción del hierro y los posteriores tratamientos del mismo, a la acción del agua y el fuego hasta conseguir el resultado final: "la katana."

Su padre era unos de los grandes kajis. Una estirpe casi extinguida en un mundo cambiante que comenzaba a desaparecer, al igual que los propios e invencibles samuráis.

Cuando era pequeño a Gaizuki le encantaba acompañar a su padre Haruki a la herrería donde las katanas eran forjadas. El niño solía quedarse sentado en una esquina mientras observaba con asombro como del hierro, el fuego, las brasas ardientes, el agua, el tiempo y la infinita paciencia y maestría de los kajis, una simple y fina lámina de metal incandescente iba convirtiéndose a golpe de martillo en un símbolo de poder, de vida y de muerte.

Su padre con el mismo tesón y paciencia con la que fabricaba las más mortíferas, afiladas y la vez bellas espadas, iba a la vez forjando el carácter de su hijo pequeño.

Debido a la gran maestría y la consabida fama de Haruki, muchos de los grandes señores feudales y sus samuráis acudían a la herrería en busca de sus espadas. Debido a esto, Gaizuki se quedaba asombrado al ver a todos estos imponentes guerreros.

A menudo les observaba con atención y no perdía detalle de sus comportamientos, de sus actitudes y sobre todo de cómo manejaban, trataban y mimaban a su bien más preciado, sus katanas.

Como niño que era, él también soñaba en convertirse algún día en un experto samurái. Todos los días practicaba con un palo de madera que su padre le había fabricado, el arte del combate. Pero siempre lo hacía a escondidas para que nadie le viera. El tan solo era el hijo de un forjador de espadas, de un kaji, y aunque su padre fuera el mejor en su profesión, eso no le daba opción a Gaizuki a convertirse en un samurái. Los estratos sociales eran muy férreos y era prácticamente imposible evitarlos. Uno nacía y moría en el mismo lugar. Cambiar las cosas era muy difícil de lograr. No obstante el niño seguía practicando en solitario cada mañana.

Cierto día Kenzaburo, el Gran Señor del Este, llegó al poblado donde el aprendiz de samurái vivía. Él era un "daymio", un gran señor feudal, y venía con su séquito a recoger la katana que había encargado Haruki. Iba siempre acompañado de sus protectores, que así era como llamaban a los cuatro guerreros que le protegían.

Gaizuki ajeno a todo esto continuaba practicando el arte del manejo de la espada, aunque ésta fuera de madera. El Señor del Este llegó montado en su imponente y musculoso caballo negro, y al otear el horizonte se fijó en el niño que jugaba a convertirse en guerrero. La maestría que el chico mostraba con su katana era tal, que tanto Kenzaburo como sus cuatro protectores se quedaron asombrados. Nunca habían visto a un humano tan joven manejar su espada con tanta soltura. Tras ver esto, el señor feudal hizo llamar a Haruki, el padre del joven aprendiz.

— ¿Quién es ese joven que tan diestramente maneja su espada? —preguntó.

—Es mi hijo pequeño, Gaizuki —respondió el forjador de espadas.

—Llevo muchos años de guerras y batallas, he luchado junto a muchos hombres, y nunca hasta ahora había observado a ninguno tan joven cuya katana se moviera como si fuera la extensión de su brazo. Tu hijo tiene un don. Quiero proponerte que si me lo permites, me gustaría encargarme de la educación de tu hijo, y convertirle en el samurái que está llamado a ser. Te prometo que bajo mi tutela recibirá una enseñanza adecuada en el arte de la guerra y nunca os faltará de nada ni a tu hijo ni a tu familia —dijo Kenzaburo.

Haruki no podía creer lo que estaba escuchando. En una sociedad en la que uno moría donde nacía, Kenzaburo, el Gran Señor del Este, le estaba proponiendo romper todas las reglas hasta ahora escritas y llevarse a su hijo para convertirle en una leyenda. Internamente su corazón latía con fuerza porque esta era una oportunidad única tanto para Gaizuki como para el resto de la familia. No obstante respiró profundamente y al hacerlo permitió que el oxígeno entrara en sus pulmones y refrescara su mente. Siguió respirando pausadamente durante un tiempo. Es en esos momentos donde una persona toma sus decisiones más difíciles y si su corazón está calmado, su mente centrada y su espíritu despierto, la elección adoptada suele ser la correcta.

Abriendo los ojos miró fijamente al Gran Señor de Este y respondió: —Mi señor, muchas gracias por la oferta pero creo que antes de aceptarla tengo que hablar con Gaizuki y ver qué es lo él opina de todo esto.

Kenzaburo no podía creer lo que Haruki le estaba diciendo: —¿Un niño opinando? —musitó entre dientes.

—Discúlpeme —dijo Haruki—. Sé que esto le parece absurdo, pero conozco bien a mi hijo, y sé que aunque todavía es un niño, en su interior late una fuerza que es más grande que todo el universo. Al poco de nacer ya me di cuenta de que él ya era un guerrero, y como tal tiene el derecho y la obligación de poder al menos elegir su destino. Por eso debo preguntarle qué es lo que desea.

—Eres un hombre sabio —Kenzaburo respondió—. No te has dejado amedrentar por mi poder. Hacía mucho tiempo que no me encontraba ante un ser como tú y por lo tanto estoy seguro que tu hijo elegirá con la sabiduría de su padre. Te doy dos días para que hables con él. Dicho esto recoge su nueva katana y sin desenvainarla siquiera, se aleja con sus cuatro protectores.

Gaizuki, que ya había terminado su entrenamiento, vio partir a la comitiva y en silencio se preguntaba la razón por la cual el imponente hombre que iba montado en el caballo negro le miraba con tanta intensidad al partir de la aldea.

Mientras tanto su padre se introduce en la forja, coge el martillo y golpea con fuerza la frágil lámina de hierro aún incandescente. Siente que cada golpe que da al brillante metal, éste se lo devuelve con furia. Tras los primeros martillazos, dos solitarias lágrimas se le escapan de los ojos y al instante, justo cuando comienzan a resbalar por sus mejillas, se evaporan por el calor que desprende el hierro golpeado. Su corazón está contento por lo ocurrido, sin embargo su alma ya comienza a sentir la tristeza de la despedida.

Al día siguiente Haruki no fue a la herrería. Prefirió dar un paseo con su hijo Gaizuki. El pequeño estaba contento porque tenía la oportunidad de estar junto a su padre al que adoraba. Salieron por el camino que lleva al riachuelo que separa el bosque impenetrable de la aldea. Nadie hasta ahora se había atrevido todavía a entrar en él.

Iban caminando tranquilamente y Gaizuki no paraba de hacer preguntas a las cuales su padre respondía una tras otra con paciencia. Llegaron a una pequeña curva y ambos se sentaron en una gran roca junto al río. Mientras Haruki miraba el fluir de la corriente veía como en su camino interminable el agua se llevaba consigo hacia el mar todo tipo de ramas y vegetación que encontraba a su paso. El padre pensaba que la vida era algo similar. Pasara lo que pasara la corriente siempre continuaba y se llevaba consigo todo nuestro pasado. Al mismo tiempo el joven se entretenía tirando piedras al río. Se preguntaba que ocurría con las ondas provocadas por el impacto de los cantos contra el agua. Pero como casi todos los niños, enseguida su mente se dirigía hacia otro juego, en un eterno presente que nunca acaba.

Finalmente Haruki le preguntó al niño:

—¿Sabes quién era el hombre que ayer vino a la aldea?

Gaizuki le miró fijamente y respondió:

—No sé quién era pero estoy seguro que era alguien muy poderoso. Por el color de su armadura, la mirada de los cuatro guerreros que le acompañaban y sobre todo por lo grande que era su caballo, seguro que era un hombre importante. —Y dicho esto siguió lanzando piedras al río.

¿Y sabes a qué venía?

Padre —respondió el niño—, tú eres el mejor kaji de todo el país por eso supongo que vino a buscar su katana. Estoy seguro que quedó encantado con tu trabajo como lo hacen los demás guerreros que te encargan las suyas.

Silencio profundo, silencio denso, silencio oscuro.

En ese momento, Haruki vuelve a dudar. Se encuentra ante la oportunidad de callar, de no decirle la verdadera razón por la que Kenzaburo había llegado a la aldea. Si lo hacía, su hijo permanecería con él y el universo mantendría su equilibrio. Se imaginó como serían los días junto a él. Reflexionó sobre cómo sería verle crecer, desarrollarse y convertirse en un hombre que le cuidaría cuando él ya fuese anciano. Pensó en cómo sería su mujer y en los nietos que le darían calor y alegría en el atardecer de su vida. Dibujó en su mente el futuro de la forja y sintió en su corazón la alegría del trabajo bien hecho por haber enseñado a su hijo la maestría en el forjado.

Haruki volvió a mirar al río y se dio cuenta de que no podía ocultarlo. Él también fue un guerrero en su juventud. Luchó en múltiples batallas y sirvió a su señor con honor. Conoció el amor, y fue el amor lo que lo alejó para siempre de la lucha, de la sangre y de los estruendos del combate.

Siendo él muy joven en una aldea muy lejos de allí conoció a Nakane. Ella representaba todo aquello que él había estado buscando. Era su luz, su alegría, su fuerza y su razón para vivir. Ambos se enamoraron y vivieron como todos los jóvenes, intensos momentos de locura y pasión. Un día, tres salteadores atacaron la cabaña donde los amantes dormían. Enseguida él se despertó, cogió su espada y repelió como pudo el salvaje ataque. Ya había matado a dos de ellos cuando vio como el tercero se dirigía hacia ella con su arma en mano. Aquel último salteador asestó un golpe mortal que en el último instante fue bloqueado por la katana de Haruki, pero debido a la fuerza del ataque, ésta se partió en dos y la espada del salteador se clavó directamente en el pulmón de su amada. Ese fue el final.

Ella sintió el frío acero traspasar su blanca y delicada piel. Instantes después el pulmón se encharcó de sangre. Nakane miró sorprendida a Haruki, como sin comprender muy bien por qué tenía que marcharse justo en el momento en que había encontrado la dicha. Y de repente silencio y oscuridad para siempre.

Por eso él dejó de ser un samurái. La muerte de Nakane supuso su propia muerte. Durante meses vagó sin rumbo y sin encontrar sentido a su existencia. Hasta que un día llegó a la aldea en donde se encontraba Naruto, el mejor maestro forjador de toda la región. Él acogió a samurái entristecido y a su lado aprendió el arte de la forja. Cada katana que esculpía le recordaba a Nakane y a como su antigua espada se partió en dos incapaz de salvar su vida. Por ese motivo volvió a convertirse en un samurái, pero ahora sus batallas se libraban en su forja, por lo que empeñaba toda su alma en aquello que hacía.

Así que él también era un guerrero y sabía que si no le decía a Gaizuki la verdadera razón del viaje del Gran Señor del Este, su alma se perdería para siempre. Así pues, aun sabiendo el peligro que sus palabras contenían, Haruki dijo:

—Kenzaburo, el señor feudal, quiere llevarte a su palacio, muy lejos de aquí, y adiestrarte y educarte para convertirte en un guerrero. Ha visto tu destreza con la espada y quiere que vayas con él.

Silencio total, ni siquiera ya el sonido del río resonaba en el valle

Gaizuki miró al río, escuchó el susurro del agua al fluir mansamente, sintió el viento en su rostro, observó el reflejo de los rayos del sol en la superficie del agua, y sintió el calor del verano en su piel.

Al igual que su padre solía hacer antes de tomar una decisión, el niño respiró lenta y profundamente. Luego miró a su padre que le observaba atentamente, y en ese momento ambos supieron que la decisión estaba tomada.

—Padre —dijo Gaizuki—, quiero ser un guerrero.

7

PAPÁ SE MARCHA CON UNA SONRISA

—Otra vez ha ocurrido —pensaba David mientras dormitaba en su cama—. Otra vez he vuelto a soñar con el samurái. Llevo ya más de cuatro meses soñando con él y me pregunto por qué no se me va de la cabeza.

La mayoría de las veces en las que David soñaba con el joven guerrero, solía despertarse con una pacífica sensación, a pesar de soñar con batallas ensangrentadas, con dolores, con pérdidas, y con sufrimientos para siempre inacabados. Pero al final de las luchas mortales, siempre aparecía Gaizuki en actitud victoriosa, y eso le calmaba.

Pero esta vez había sido diferente. De todo el sueño de esa noche, David recordaba sobre todo, la tristeza en los ojos del padre del niño guerrero cuando éste le dijo que quería marcharse. Recordando esa mirada se despertó y el agudo dolor al ver la figura de Haruki le hizo acordarse de su propio padre.

Manuel, el padre de David había decidido marcharse a otros lugares más hermosos y placenteros hacía ya más de dos años. Un día de agosto mientras David se encontraba de viaje en el sur de Francia, recibió la llamada de una de sus hermanas.

—David —dijo Patricia—, algo no marcha bien. Han ingresado a papá en el hospital.

Todo se vuelve borroso, todo se vuelve silencio. David

mira a través del cristal de su coche y le parece que la vida se ha ralentizado. Mira las nubes del cielo francés, observa a un niño siendo reprendido por su madre en mitad de la acera, escucha el sonido de la sirena de policía en la lejanía. Y todo le parece una ironía del destino.

—¿Estás ahí? — pregunta la voz al otro lado del teléfono—. Sí —contesta David desde el otro lado del universo—. Voy para allí. Cojo ahora mismo el coche y en doce horas llego a casa.

La vuelta, un infierno. Cada metro recorrido por el coche se convierte en un segundo ganado a la muerte y en una esperanza recuperada a la vida. — ¡Ya queda menos! Menos, ¿para qué? —se pregunta para sí mismo.

Pasan las horas, los paisajes se evaporan, la carretera se difumina. Cuando nos tememos lo peor, el tiempo parece correr en un deambular inalcanzable, lejano y olvidado.

Ocho, nueve, diez, el paso del tiempo sigue su inexorable marcha a través del reloj. Y él desearía haber podido vender su alma al diablo, para que ese reloj maldito no avanzara hacia adelante nunca más.

Por fin llega a su destino, tenso, triste, agotado, desolado. Sube corriendo las escaleras del hospital y se encuentra con sus hermanos y con su madre. Al ver sus caras y penetrar en sus miradas la realidad le abofetea con la dureza de la roca que se cruje al golpear contra el suelo.

—Papá ha tenido un infarto y está en la UVI. Desde esta mañana no hemos podido verle y no sabemos cómo está.

La espera es el límite que separa el deseo de la realidad. Por eso es en esa zona oscura y densa donde las mayores oscilaciones del ser humano suelen ocurrir. Una parte de ti desea que la realidad sea diferente y tu otra parte sabe con absoluta certeza que no existe posibilidad de cambio. En esos momentos, el ser humano se parte en dos. Y hasta que ambas partes no logran reunirse de nuevo en una sola, la persona no vuelve a sentirse completa.

Otra vez pasan las horas. Horas que parecen siglos.

Finalmente entran a visitarle. Y allí está, tumbado en una cama con los ojos cerrados junto a la ventana de la habitación. El sol acaricia con dulzura su figura. Se acercan, le observan, le hablan, y sobre todo, le acarician. Y la piel de alguien que ya está casi listo para partir, se asemeja al frío de un gélido invierno glacial.

Luego se van a casa, y así durante cinco días más.

Al quinto día, los médicos por fin se atreven a explicarles que las cosas no van bien. Que ha sufrido otros tres ataques más y que ni si quiera se explican cómo un hombre de su edad tiene tal fortaleza y aguante.

David recuerda con orgullo que su padre también es un guerrero y que luchará hasta que en el fragor de la batalla, su corazón estalle en pedazos y esparza por la tierra el poder de su inexpugnable fortaleza y de su amor infinito.

—Ahora está estable, así que váyanse a casa y si ocurre algo les llamaremos —dicen los médicos—. No se preocupen, todo va a salir bien.

En esos momentos David sabe que es el final. Piensa en la extraña capacidad que tenemos las personas para decir una cosa cuando en realidad queremos decir la contraria. Sin embargo calla y acepta irse a casa como los demás.

En veinte minutos ha llegado a su espacioso ático. Abre la nevera y coge algo ligero para cenar. Enciende la televisión para intentar distraerse y decide acostarse vestido por si le llaman del hospital. Intenta dormirse pero sabe que esa noche es la de las despedidas. La de los adioses congelados y la de los abrazos compartidos. Por ese motivo David llama a su padre desde la soledad del abandono y desde la tristeza del niño perdido.

Sin saber si Manuel le escucha le dice lo mucho que le ha amado. Le cuenta sus proyectos de futuro y le habla de sus sueños fabricados. Le explica cuántas veces ha deseado, incluso siendo ya adulto, sentirse acariciado por sus fuertes y a la vez cálidas manos de acero. Y su padre le responde que para él, David siempre ha sido su hijo más zalamero. Entre risas y llantos padre e hijo van descubriendo que al final la vida tan solo son momentos de amor para decirnos "te quiero". Su padre le dice que ahora sabe que no tenía que haber trabajado tanto y haber disfrutado de vivir la vida con alegría y sobre todo sin tanto miedo a la ausencia del caballero don dinero. Y su hijo le responde que a su lado, él siempre se ha sentido el ser más importante del mundo entero. Y por fin, besos, abrazos, lágrimas y sonrisas: " Siempre estaré a tu lado", y la alegría de aquel que se va sabiendo que ha dejado una huella en el mundo presente y en el pasado, y la serenidad del que reconoce que el recuerdo siempre permanece en algún lugar de la memoria perdida. Después de eso, David se duerme vestido.

Media hora después el móvil suena y destroza en pedazos la belleza de la noche silenciosa. David responde

—¿David Fernández?

—Sí, soy yo.

—Le llamamos para comunicarle si se puede pasar por el hospital. Su padre ha fallecido hace media hora.

Con la tranquilidad de aquél que ya conoce las ironías del destino, David pregunta:

—¿Cómo murió?

—Le ha dado un último infarto y no ha podido resistirlo —responde la voz desde el otro lado del teléfono—. Su corazón era tan grande que se la he salido del pecho. Lo que no podemos explicarnos todavía es como ha podido morirse con una sonrisa tan grande y tan hermosa en su rostro dormido.

8

RECUERDA QUIEN ERES

Ahora que Gaizuki ha tomado su decisión, el padre quiere contarle una historia.

—Hijo mío —dice Haruki—. No olvides nunca quien eres.

¿Quién soy, padre?, ¿No entiendo que quieres decir?

—Te voy a contar una pequeña historia que tu abuelo, mi padre, me contó hace ya mucho tiempo:

"Una pareja de águilas tuvieron polluelos. La madre había construido un nido en el saliente de una roca y allí alimentaba a sus crías. Cierto día en la que la madre había emprendido el vuelo para encontrar comida, uno de los polluelos, el más grande y avispado, hizo un brusco movimiento, se cayó del nido y acabó en un corral de gallinas.

Pasó el tiempo y el polluelo de águila fue creciendo entre las gallinas. Como había vivido toda su vida con ellas, se comportaba como una más. Comía y bebía lo mismo que ellas, dormía a la misma hora y hablaba de cosas similares. Hasta que un día, el polluelo de águila decidió mirar hacia el cielo. En ese momento un ave majestuosa, surcaba el cielo azul. Vio la belleza, la fuerza, la independencia y la libertad del ave y se dio cuenta de que se parecía mucho a él. Inmediatamente fue a sus amigas gallinas y les preguntó quién era ese animal, que le respondieron que era un águila, el señor de las aves. Convencido, les dijo que se parecía al águila, y todas las gallinas comenzaron a reírse de él. Una de ellas le respondió: —Amigo mío, tú comes como las gallinas, bebes como nosotras, duermes, piensas, y dices lo mismo, por lo que date cuenta y acepta la realidad, eres una gallina como nosotras. —Tras este comentario, el polluelo de águila bajó la cabeza, comenzó a mirar al suelo, y se convirtió hasta el día de su muerte en una gallina más."

—Es una historia muy hermosa y muy triste a la vez, pero no entiendo su significado —dijo el niño.

El padre respondió: —En breve vas a emprender un largo viaje hasta el otro confín del continente. Vas a conocer a mucha gente y aprenderás cosas nuevas. Vivirás en un entorno privilegiado. Van a entrenarte y amaestrarte hasta convertirte en uno de los mejores, si no en el mejor samurái que jamás ha existido. —El padre continuó su relato: —Aunque tú no lo supieras, te he observado siempre cuando practicabas con tanto arte el manejo de la espada. Yo también fui un guerrero y nunca he visto a nadie tan diestro como tú. Por lo tanto hijo mío, tú eres también un águila, un ser especial y diferente.

—Muchas personas no serán capaces de soportar tu grandeza, tu soltura, ni tu destreza. Muchos te envidiarán por ello, te atacarán, te difamarán e intentarán traicionarte por la espalda, porque no tendrán la valentía de enfrentarse a ti directamente. Cuando hayan intentado destruir tu cuerpo y hayan fracasado, intentarán destruir tu alma. Harán lo posible por hacerte olvidar, te llenarán de regalos, de obsequios, de cosas materiales y sobre todo, de cosas banales.

—Te he contado la historia del águila porque tan solo si recuerdas quien eres saldrás victorioso de todas tus batallas. Si olvidas tus orígenes, si reniegas de tu pasado, si permites que el paso del tiempo te engañe, entonces estarás perdido. Porque aquel que olvida quién es, no encuentra jamás su lugar en el mundo y no cumple su destino.

El niño miró a su padre y le dijo:

—En realidad no sé quién soy. Tan solo sé que soy un niño que quiere convertirse en guerrero.

—No Gaizuki, tú ya eres un guerrero —respondió Haruki—. Un guerrero es alguien que tiene el valor de decidir, que tiene la valentía de olvidarse de sí mismo para luchar y defender un ideal que es más poderoso e intangible que él. Es alguien que utiliza su fuerza, su poder y su destreza para servir, no para servirse, y que utiliza su furia para proteger, no para atacar. Y todo eso ya existe en ti.

—Existen dos tipos de samuráis. Los que luchan por el honor, por la gloria y por el poder, y los que luchan para vencerse a sí mismos.

—Los primeros luchan para huir de su pasado, para no enfrentarse a su presente y para que quizás un día no muy lejano mueran en combate, para así no tener que enfrentarse a su futuro. Esos basan su poder y su fuerza en el temor. Y las personas les temen porque ellos mismos están llenos de miedo. Esos guerreros pueden conquistar muchas aldeas, atesorar muchas riquezas, y quizás logren algunas tierras, pero nunca alcanzarán la gloria.

—Por otra parte existen los que luchan tan solo para vencerse a sí mismos. Normalmente esos son muy escasos, porque para luchar contra ti mismo hay que tener mucha valentía. Ellos eligen la libertad. No sirven a ningún señor, no siguen ninguna regla impuesta por los demás y hacen todo lo posible para evitar traicionarse en su propio interior.

—Estos seres especiales viven casi siempre en la sabiduría de la incertidumbre, y nunca saben que es lo que sucederá mañana. Ni siquiera intuyen si continuarán con vida dentro de un momento. No reciben los halagos de los poderosos ni los agradecimientos de los débiles. Pero son así porque saben quiénes son. Han encontrado su lugar en el mundo. Pero para ello primero han tenido la valentía de morir para volver a renacer desde las profundidades de sus propios infiernos.

—Han necesitado mucho tiempo y mucho sufrimiento para llegar a donde están. Sus raíces son tan profundas que ni el más potente huracán puede derribarlos.

—Para ello primero se han caído mil veces, y se han levantado otras mil veces más. Han luchado contra todo y contra todos, pero sobre todo han batallado cada día para perfeccionarse. Y al final, han vencido. Han encontrado su propia libertad, han conquistado la gloria. Por eso son tan escasos y tan desconocidos, porque no necesitan que nadie les recuerde quienes son. Ya lo saben. Y en los momentos en los que alguien los ensalza o los derriba, ellos permanecen impasibles porque no dependen de las acciones ni de las opiniones de los demás.

—Esos, y tan solo esos, son los verdaderos samuráis, los verdaderos guerreros. Los que solo luchan contra ellos mismos para lograr ser mejores, para llegar a ser más íntegros, para conseguir ser más estables, para no dejarse vencer por las tempestades ni por las olas imprevisibles y siempre cambiantes de la vida.

—Los demás, llevan la misma armadura, dominan igualmente con maestría el arte de la espada y luchan sin cesar para demostrar a otros que son los mejores. Pero sus corazones permanecen vacíos y llenos de temor.

—Por fuera, los guerreros parecen iguales, pero lo que verdaderamente les diferencia es que unos tan solo anhelan algo que no es suyo, en cambio los otros ya han llegado a un lugar llamado libertad.

—Por eso Gaizuki si olvidas quien eres, habrás perdido tu alma para siempre y tu tristeza será tan profunda que ni siquiera tras tus victorias en las batallas serás capaz de encontrar la paz.

Haruki siempre había sabido que el día en que su hijo se marcharía para convertirse en un samurái llegaría. Por ese motivo venía trabajando desde hace tiempo en la mejor katana que jamás se hubiera forjado. Ha puesto en ella toda su maestría, aprendida a lo largo de los años. Todo su saber y su buen hacer se ha impregnado en el alma de la espada. Porque toda arma lleva siempre impregnada en ella el corazón de aquel que la forja.

Recuerda el momento en que al intentar salvar a su amada Nakane su katana se partió. Desde entonces había trabajado en investigado arduamente hasta que descubrió un metal mucho más resistente que ningún otro que se hubiera utilizado hasta la época.

Era de una aleación irrompible y ninguna otra espada fabricada podría partirla. De esta forma su hijo estaría siempre protegido y así el recuerdo de su amada sería honrado.

Tras la conversación con su hijo Gaizuki tan solo le queda darle un último toque a la espada que ha fabricado. Con mucho tacto, cuidado y esmero, imprime a ambos lados de la temible y afilada hoja las palabras "no olvides quién eres". Haruki quiere recordar de esta manera a su hijo la importancia de la conversación que habían mantenido junto al río.

Finalmente y tras acabar de imprimirlas en la hoja de la espada, el legendario forjador de katanas mira a su obra maestra. Se queda asombrado ante tanta belleza. Es sencilla, hermosa y perfecta. Su simetría, su equilibrio, el resplandor de la afilada y mortífera hoja ante el reflejo del fuego, la empuñadura, la inscripción. Una obra de arte en sí misma. Al observarla, Haruki siente una ola de orgullo que recorre su cuerpo. Al mismo tiempo, las tempestades de la tristeza sacuden su alma. Siente con dolor que una obra tan perfecta, sea utilizada para sesgar vidas, para derramar sangre, y para conquistar tierras lejanas y perdidas. Tras maravillarse ante tanta belleza, envaina la katana y permite que el agridulce y descolorido perfume de la soledad inunde toda su alma.

9

TRISTEZA

Andrea no puede sonreír. Hace todo lo que está en su mano para seguir adelante aunque sabe que su presencia siempre lo acompaña. Cada lugar al que acude, cada nuevo rostro masculino que conoce, cada anuncio que escribe y cada día que amanece, están impregnadas de la esencia de David.

Llega un momento en que desesperada tiene que salir de su apartamento. Llama a su amiga Ana y quedan para verse en una terraza de la ciudad. Para ellas verse casi todos los días es un ritual que nunca perdonan. Se encuentran y se saludan, y Ana nota enseguida que Andrea está sin estar.

El fin de semana pasado acudieron a una fiesta con otras amigas. Entre la música, el alcohol, las drogas de diseño, el humo del tabaco y las risas disimuladas de la gente, ella se pregunta entre trago y trago porqué le dejó marchar. Sus amigas hacen todo lo posible para que se olvide y la presentan a chicos atractivos que deambulan por allí. Ella les mira, les sonríe, y ellos saben al instante que su corazón está todavía ocupado.

Pasan las horas, la gente sigue riendo, bebiendo, bailando, disimulando y se da cuenta de que se tiene que marchar. Desde hace mucho tiempo ya sabe que ese mundo no es para ella pero como no conoce otros sigue girando en interminables círculos sin poder salir de allí. Se despide de sus amigas y Ana le dice que se quede un poco más. Ella le mira con los ojos vidriosos por el humo y por la pena y le dice que mañana se verán.

Al día siguiente tomando una cerveza en el bar donde ha quedado para hablar Ana le dice que no puede seguir así. Y una vez más, comienza la estrategia de atacar al que no está y así intentar que Andrea se anime un poco.

—David pasa de ti —dice Ana—. Si no lo hiciera ya te hubiera llamado y se hubiera arrastrado a tus pies pidiéndote volver. Eso es lo que han hecho siempre los demás hombres contigo, así que si no lo hace es que no te quiere.

Ella vuelve la cabeza hacia su amiga, y la observa con la mirada perdida, el corazón desbocado, y una mueca triste y tardía se esboza en su rostro.

—Seguro que está ya con otra —insiste Ana—. Además, ese está medio loco. David no era bueno para ti, ha sido lo mejor —y así continúa durante un buen rato con esos comentarios que a veces las amigas hacen para alejar a la otra persona de sus pensamientos y sobre todo de sus sentimientos.

Lo que Ana no sabe es que cuando se hacen ese tipo de afirmaciones tan duras y penetrantes se hiere aún más el corazón de la amiga que a su lado desespera. Andrea sabe que David es diferente, porque él es un hombre, un poderoso guerrero que no se arrastrará ante ella como los demás, y en su interior más profundo llora por no haberle podido conquistar.

Luego Andrea y Ana hablan de cosas triviales y banales. Hablan de las fiestas que aún están por venir, de los nuevos chicos que van a conocer, de la moda que ese invierno va llegar, y así Andrea consigue olvidarse un poco de sí misma y de todo aquello que desea que algún día vuelva a su lugar.

Ambas se despiden, son amigas de toda la vida, y con la mirada las dos saben que ese rato que han permanecido juntas tan solo ha sido un pequeño intervalo entre las infinitas e interminables horas de soledad. Aun así mañana volverán a encontrarse y hablarán de las mismas cosas, planearán los mismos futuros, y se despedirán con las mismas esperanzas. Hoy tan solo queda soñar, desear. Hoy tan solo existen la duda, el miedo, la pena y el pesar

10

AMISTAD

Mientras tanto David ha quedado esa noche con su amiga Maite. Ella es una persona muy especial para él. Además de amigos, Maite es psicóloga y por lo tanto entiende y conoce muy bien los dolores y las alegrías del vivir.

De hecho, ella misma pasó por muchos procesos dolorosos en su vida, y todo ello le llevó a escribir y publicar un libro titulado "*del Dolor a la Felicidad*", en donde cuenta sus propias experiencias vitales y habla de técnicas sencillas, pero muy efectivas para transformar un hecho doloroso en algo que te lleve a encontrar tu propia felicidad a pesar de que las cosas a veces se tuerzan.

Hacía tiempo que no se veían, y hoy David le ha pedido que le explique algo que desde hace tiempo le preocupa.

Tras los besos en las mejillas, tras los cálidos abrazos que se dan los amigos que hace tiempo que no se ven, elegir la mesa en que sentarse, y después de pedir cada uno su bebida favorita, ambos se miran a los ojos y es entonces cuando el verdadero encuentro se produce. Ese sentir que te dice que eres bienvenido, esa energía que te hace sentirte protegido, esa apertura que te hace darte cuenta de que realmente estás con un amigo.

—¿Cómo estás? —pregunta Maite sabiendo ya de antemano la respuesta de su amigo.

—He tenido épocas mejores —responde David—, aunque

voy tirando.

Los dos amigos callan de nuevo, vuelven a mirarse y en ese encuentro silencioso los dos corazones se unen en un delicioso baile ejecutado en el inmenso tapiz de la esperanza.

David habla de nuevo:

—Ya sabes todo lo que me ha ocurrido en estos últimos meses, pero de eso ya hemos conversado muchas veces. Por cierto, antes de que se me olvide, una cosa que si quisiera agradecerte es que durante todo este tiempo nunca has dicho una palabra malsonante en contra de Andrea. Siempre has hablado de ella con cariño, aun sabiendo los problemas que tiene. Tan solo quería darte las gracias por ello. Así me demuestras lo mucho que me quieres y cuanto la respetas.

Maite sonríe. Por su experiencia como psicóloga y como amiga, sabe que las personas que forman parte de la vida de sus amigos, sobre todo si son parejas pasadas, dejan huellas imborrables en sus corazones. Por eso ella siempre habla con respeto y educación de aquellos no ya no están.

—Te he llamado para vernos —continúa David—, porque desde hace unos meses tengo un sueño recurrente que me crea mucho desasosiego. Como tú, además de ser mi amiga, estás acostumbrada a trabajar con las mentes de las personas y a sanarlas, igual puedes darme una explicación de qué es lo que me está ocurriendo, porque a veces siento que me estoy volviendo loco.

Maite le observa con atención. Al hablarle de sueños, ella recuerda uno que también tuvo cada día hace años. En ese sueño ella retrocedía a la época medieval, en las que las guerras, las batallas y las luchas religiosas sucedían a diario. En ese sueño sintió el sufrimiento y el martirio. Y siempre en el momento de la muerte se despertaba acongojada. Pero eso fue hace mucho, y hoy está con su amigo David para protegerle, para cuidarle, para quererle y para aconsejarle. Volviendo a la realidad del presente, le pide que le cuente su sueño para tratar de ayudarle.

Al instante, David comienza a contarle que desde hace unos

cuatro meses, casi todas las noches sueña con un guerrero japonés del siglo XIII. Le cuenta como a través de su sueño, siente como va viviendo la vida del joven samurái. Al explicarlo se levanta de la silla, se mueve, gesticula, ríe, llora, vocifera, susurra. El dueño del bar le pide que se comporte ya que algunos clientes se han quejado del volumen de su voz y de los bruscos movimientos de su cuerpo tenso y convulso.

Finalmente termina su relato y exhausto y sudoroso se desploma sobre la silla mientras las lágrimas resbalan por sus mejillas y el sudor seco del esfuerzo se le pega por todo su cuerpo. Instantes después su amiga le aconseja que se calme un poco y que tome algo de comer y de beber para que así reponga fuerzas y vuelva al aquí y al ahora.

El hace caso y pide algo de cenar, bebe un poco de agua, permite que las lágrimas sigan resurgiendo de sus ojos y que sus sentimientos y sus emociones se vayan estabilizando. Algunas de las personas presentes en el bar asisten, atónitas, a espectáculo de ver a un hombre llorar en público.

Las cinco chicas jóvenes que permanecen sentadas en la mesa de al lado enmudecen y se dan cuenta de que el dolor nos afecta por igual a todos. Que no entiende de idiomas, de religiones, ni de sexos ni edades. Y en esos momentos se produce un halo misterioso que a todos nos une y que nos hace sentirnos miembros de una misma humanidad.

El camarero les sirve lo que han pedido para cenar, y mientras comen, Maite con la sabiduría de quien sabe cuidar, le habla de su hijo Javier. Le comenta lo orgullosa que se siente de sus progresos y de cómo su vida pasó del temor al amor cuando le vio nacer, hace ya ocho años de eso. Le dice que su hijo a veces pregunta por él, que ya le llama tío David y que quiere saber cuándo va a ir a cenar a casa con ellos. Cuando Maite habla de su hijo se le ilumina la cara, y David al mirarla comprende que el poder del amor entre una madre y un hijo es más fuerte que toda la energía junta del universo. Y así mientras van cenando, sus lágrimas se convierten en sonrisas. Y se da cuenta de lo afortunado que es por tener a su lado una amiga como ella.

Una vez han terminado de cenar, David se pide un mojito, que es su bebida preferida y Maite se pide un zumo de piña. Ya más tranquilos, y cuando Maite siente que las emociones están calmadas y las aguas sosegadas para que él pueda comprender lo que sucede, decide por fin explicarle el significado de su sueño.

—Desde el punto de vista psicológico, lo que te está sucediendo es que tu vida está mutando para entrar en otra etapa. Por este motivo tantos cambios están sucediéndote a la vez. Normalmente, los cambios a nivel internos van siempre acompañados de señales externas que además suelen ser dolorosas. En tu caso, en un breve espacio de tiempo, te has separado de Andrea y has tenido que cerrar tu empresa con las consecuencias económicas y morales que eso está provocando en ti.

—Llega un momento en que tu subconsciente no puede más con la presión, con el estrés, con la tristeza ni el dolor. Por eso tu mente utiliza lo que en términos psicológicos se llama "arquetipo". Aunque hay más, los arquetipos principales son cuatro. El guerrero, el rey, y el mago, y el amante. Por supuesto tienen también tus correspondientes femeninos.

—Estos arquetipos suelen aparecer en el subconsciente y hacerse conscientes mediante sueños o imágenes cuando la persona se encuentra al borde de un cambio muy profundo en su vida. Dependiendo de en donde se encuentre el individuo en ese momento, su mente subconsciente elegirá un tipo de arquetipo u otro para así poder lidiar con la situación.

—Casi todos en un momento de nuestra vida u otro, soñamos con este tipo de arquetipos, lo que suele suceder es que a menos que la persona que lo sueña esté con la conciencia abierta y tenga la valentía de aceptar el reto, la mayoría suelen dejarlo pasar. Entonces la oportunidad se pierde, el sueño vuelve a esconderse y a veces han de pasar años hasta que la persona vuelve a estar lista para poder aprender de esa lección que su subconsciente le brinda.

—Ahí es donde tú te encuentras ahora mismo, David. Tu guerrero interno en forma de arquetipo te está invitando a que hagas algo al respecto. Por eso casi todas las noches vuelve a ti y te cuenta su historia, para que tomes y sigas su ejemplo y darte así la fuerza interior necesaria para que afrontes con valentía los cambios internos y externos que se están produciendo en tu vida.

David no puede creer lo que su amiga psicóloga le estaba contando. La mente suele tener siempre un escudo protector ante lo nuevo. Aunque en el fondo de su ser, todo lo que Maite le cuenta le resuena como si ya lo hubiera escuchado y sentido en algún otro lugar.

Aún sin estar muy convencido de esto, por respeto a su amiga, pregunta:

—Entonces, ¿qué es lo que tengo que hacer?

—Permite que el sueño continúe y que el guerrero te vaya contando, responde Maite. Seguro que tiene algo importante que enseñarte, así que en vez de asustarte o sentirte incómodo con el sueño, alégrate por tener la oportunidad de aprender y de cambiar, si así lo decides.

Él se queda mirando a la nada por un instante, como decidiendo qué hacer. Luego vuelve la vista a su amiga, y sonríe. En esos momentos Maite intuitivamente sabe que David ha elegido "morir para vivir".

11

DESPEDIDAS

Antes del amanecer Haruki permanece sentado en su tatami con los ojos cerrados. Parece dormido pero está sumido en un profundo trance. En pocas horas Kenzaburo, el Gran Señor del Esté, vendrá a por su hijo y se lo llevará lejos para siempre.

Sabe que su hijo se convertirá en el mejor samurái que jamás haya existido, pero sus ancestros también le cuentan, entre neblinas soñolientas, que Gaizuki olvidará su pasado y que tardará mucho tiempo en comprender el significado de la inscripción, "no olvides quién eres" que su padre ha grabado en su katana.

Esto le causa un gran dolor, porque Haruki sabe que cuando olvidamos quienes somos, ni las más altas glorias, ni las más sufridas victorias pueden compensar el vacío que se siente al no saber cuál es nuestro lugar en el mundo. Por eso reza en silencio intentando en vano convencer a los dioses de que su hijo no olvide su cometido.

Amanece ya por el valle y los tímidos rayos del sol comienzan a acariciar las orillas del río. El padre intenta detener ese momento para que dure eternamente. Gaizuki ya está despierto y también ha honrado a sus ancestros, esos que ya han partido pero que siempre permanecen junto a nosotros. Tras el desayuno padre e hijo van juntos a la forja donde Haruki trabaja. Nada más entrar allí se muestra, bella y orgullosa, la katana. Al verla el joven supo que era el regalo que su padre le hacía antes de su partida.

La coge con una mezcla de nerviosismo y profundo respeto. La desenvaina y queda maravillado ante la perfección y la belleza que contempla. La blande con soltura y se da cuenta de que la verdadera obra de arte consiste en el alma de la espada. En seguida siente como si fuera una elongación natural de su brazo. El padre le observa con admiración. Frente a él se encuentran las dos obras maestras de su vida, su propio hijo y su katana. Apenado, su corazón siente ya el dolor de la partida.

Quien aprende a dominar con maestría el arte del soltar y del dejar ir puede considerarse a sí mismo una persona sabia, piensa Haruki. Casi siempre nos aferramos a lo pasado, a lo conocido. Tardamos mucho tiempo en aprender que todo cuanto ocurre tiene un sentido. Por eso son escasos aquellos que logran soltar con alegría.

Justo antes de volver a envainar la espada Gaizuki lee la inscripción que su padre ha tallado en la afilada y reluciente hoja.

—No lo olvidaré padre —responde el niño—, porque olvidarme de quien soy sería olvidarme de ti. Sería olvidarme de mis hermanos, del río y de la entrada al bosque. Si me olvidara ni siquiera sabría cómo volver a casa, y aunque me voy y me alejo, siempre anhelaré retornar al principio. Por eso te prometo que no olvidaré para así permanecer siempre contigo.

El niño suelta el arma y llorando abraza a su padre.

Poco antes del atardecer Kenzaburo aparece, una vez más, por el horizonte a lomos de su gran caballo negro y acompañado de su cuatro guardianes. Como el destino y el futuro, que aunque parecen lejanos siempre acaban llegando antes de lo que deseamos, se presenta delante de la casa de Haruki. El padre y el niño ya le están esperando en el dintel para recibirles cortésmente.

El Señor del Este entra con respeto dentro de la casa. Los guardianes se quedan fuera montando guardia. Al igual que en la vida misma, lo que hay dentro suele ser más amable y acogedor que lo de afuera.

La familia de Haruki le ofrece té que él acepta con alegría.

Con lentitud coge la pequeña taza entre sus dos manos y la eleva en señal de gratitud antes de darle un pequeño sorbo. Con exquisito cuidado pide si también pueden ofrecer un poco a sus guardianes que afuera esperan: —Ha sido un viaje largo y todos están sedientos —añade. Ese gesto agrada al forjador de espadas. —Un hombre que cuida de sus soldados es un hombre valioso —piensa para sí mismo.

Una vez terminadas las ceremonias de bienvenida, Kenzaburo pregunta directamente

—Y bien, ¿el chico ha tomado ya una decisión?

Haruki mira a su hijo que hasta entonces permanece sentado en una esquina de la casa. El niño se levanta y dice:

—Quiero ser un guerrero, el mejor que haya existido. Mi padre es un kaji, ha forjado para mí la katana más bella que jamás mis ojos han visto, por eso mi deber es honrar su nombre convirtiéndome en digno portador de su estirpe. Enséñame a convertirme en samurái y te serviré con valentía y con honor.

Kenzaburo se queda sorprendido ante el arrojo y la fuerza del chico. Cierra los ojos, deposita con suavidad la diminuta taza de té en la mesa que está junto a él y responde: —Tu padre y su estirpe estarán orgullosos de ti. Tendrás a los mejores maestros y te batirás con los más aguerridos guerreros, pero ninguno de ellos podrá vencerte jamás si recuerdas siempre quien eres.

Tiempo de despedidas, tiempo de partidas. Momentos sublimes e interminables que muchas veces desearíamos no terminaran nunca. Una vez más, Haruki recuerda con tristeza no haber aprendido lo suficiente a vivir en el presente. Cuando uno se despide siempre quedan impregnadas en la memoria las últimas palabras, los últimos besos, los abrazos y los gestos. Intentamos recordar como al decir adiós pretendemos que ese tiempo que no volverá, se voltee y permanezca para siempre entre nosotros.

Desearíamos ser los señores del tiempo y del espacio para que esa lejanía que ya comienza a presentarse fuera tan solo un sueño, un espejismo que pertenece a la historia pasada. Un momento, un segundo, un leve suspiro de eternidad, y luego toda una vida para desear que ese minúsculo detalle no hubiera sucedido jamás.

Kenzaburo se monta en su caballo, los cuatro guardianes le siguen. Los cinco se adelantan un poco y dejan que padre e hijo se despidan. Todos saben que sus cuerpos se separan pero que sus almas permanecen para siempre unidas. Incluso las monturas saben lo sagrado del momento, por eso avanzan lentas, silenciosas, como levitando para no corromper así la belleza del silencio.

Haruki y Gaizuki se miran y se abrazan en un último tormento. Ya no hay nada más que decir, ahora tan solo es el tiempo del sentir. Ambos saben que no volverán a verse y también saben que nunca más estarán separados. El lazo del amor no entiende de distancias, de fronteras ni de batallas. Tampoco de tiempo, de rencores ni de olvidos. Por eso los dos sonríen, aunque las lágrimas empapen sus mejillas y al resbalar por sus barbillas, caigan al suelo y hagan brotar nuevas semillas de esperanzas y recuerdos.

Haruki suelta a su hijo y le deja marcharse a cumplir su destino. El niño sube a su caballo y comienza a alejarse de la aldea sin mirar atrás. El padre permanece solo junto al río, que una vez más, sin pararse, sigue impasible su camino hacia el mar. Tras unos instantes el chico llega a la cima de la colina. Ya está atardeciendo y el sol permanece todavía por unos momentos suspendido en el insondable firmamento, como si con unos rayos fugaces quisiera contener suavemente su aliento. Su caballo se para, se voltea junto con el jinete para mirar por última vez a la aldea.

Allí abajo permanece una sombra, que parece apenas el esbozo de su padre, el hombre al que apenas hace unos minutos abrazaba. Ambos se observan por última vez, y desde la lejanía, subido a su montura, Gaizuki desenvaina la espada y alza su brazo al cielo, como si cortara un pedazo de sol. Su espada reluce en la penumbra del atardecer y Haruki desea con toda su alma que su hijo logre cumplir su destino con honor. Justo con ese pensamiento el sol ya se ha ocultado y al mirar otra vez hacia arriba, el joven guerrero ya se ha ido colina abajo hacia su futuro, a cumplir parte de su destino.

Aun teniendo la certeza de que lo que va a venir es mejor para nosotros que aquello que se ha marchado, siempre nos queda la tristeza del pasado. Según va pasando la vida, suelen pesar más los daños que los propios años. —Por eso nos cuesta tanto soltar —piensa Haruki—. Al igual que el hierro con el que fabrico mis espadas necesita de muchos golpes para adquirir la forma deseada, nosotros, los humanos, también tenemos la necesidad de ser golpeados por la vida para que nuestro futuro se vaya dibujando. Si la persona es flexible necesitará menos golpes o con menos fuerza para ir amoldándose al fluir de la existencia, aunque casi siempre nos resistimos y nos aferramos. No confiamos y nos volvemos tan rígidos que al destino no le queda más remedio que redoblar sus martillazos para así poder dirigirnos. —En esos momentos el recuerdo de Nakane, su antigua novia de juventud, vuelve a su corazón. Junto a él sus ancestros pasados le dicen que ya es tiempo de descansar.

Esa misma noche Haruki muere retornando al interminable fluir de la existencia. Sabe que desde ese lugar le será mucho más sencillo ayudar a Gaizuki a recordar para que así algún día pueda retornar a su verdadero hogar.

12

APRENDIENDO Y QUIZÁS COMPRENDIENDO

Es fin de semana, el momento en que peor se pasa cuando dos personas se han separado hace poco. Es el tiempo del descanso y donde las horas para pensar y para sentir se amontonan sin cesar. Es el espacio del echar de menos y de imaginar que es lo que la otra persona estará haciendo y con quién. Es en estos fines de semanas de invierno donde el tiempo se nos hace eterno.

En el centro de Kundalini yoga donde David es profesor, este fin de semana dan un curso para tratar las adicciones. Como él no bebe, no fuma, ni toma drogas de ningún tipo, piensa que ese curso no es para él por lo que decide no acudir al mismo.

Justo una semana antes, la organizadora del curso le pide que si puede traducirlo para los demás, ya que la persona que lo imparte es americana. Como el nivel de inglés de David es muy elevado, acepta el ofrecimiento. No es la primera vez que ocurre algo parecido, y cuando lo hace, luego siempre se siente contento por haber podido aportar su granito de arena. Así que una vez más, a pesar de los planes que tenemos y hacemos, la propia vida y el tiempo se encargan de colocar todas las cosas en su debido lugar. En este momento David se alegra de ir porque así rellena este fin de semana y evita sufrir más de la cuenta por pensar tanto en Andrea.

El curso comienza, y mientras la mujer que imparte el curso va exponiendo sus ideas, David va traduciendo. Al hacerlo él sigue pensando que ese curso no es para él, y que por lo menos le ha salido gratis, ya que a lo largo de su vida se ha gastado una fortuna en cursos de todo tipo. Con un toque de humor irónico se da cuenta de que gracias a lo que ha invertido en todos sus cursos, otras personas han podido comer. Hacia dentro sonríe y se da cuenta de que hasta ahora todo lo que ha hecho le ha servido para colocarse en donde está, y que aunque muchas veces uno cree no aprender nada, el tiempo se encarga de demostrarnos que tarde o temprano todo aquello que aprendemos nos puede ser de utilidad.

El curso continúa y habla de cómo poder ayudar a través de la práctica del yoga, la meditación y una sana alimentación a que las personas con adicciones al alcohol, al tabaco y a las drogas puedan salir de su situación y llegar a desengancharse y a tener una vida más sana. Así que poco a poco, según pasan las horas, David se da cuenta de que aunque él no tenga ningún tipo de adicción el curso igual le puede servir para ayudar a otros.

Tras la comida en un restaurante libanés, el curso prosigue. Y cuando todos los asistentes están somnolientos debido a la digestión, Mukta, la persona que imparte el curso les cuenta la siguiente historia:

"Cuando una mujer está embarazada y a no ser que ocurra algo extraño, el bebé que se encuentra dentro del vientre está totalmente feliz. Ese niño siente el calor de su madre, tiene alimento para desarrollarse, no se preocupa por el dinero, ni por las parejas, ni por la vida. Así que el niño está completo.

Luego el niño nace y el primer gesto que le une a la vida es respirar, y tras ello, al verse en un medio hostil comienza a llorar.

Van pasando los años y el niño se da cuenta de que sus padres no están nunca en casa. Ambos tienen que trabajar para poder pagar todas las cosas que han comprado, por lo que el niño pasa mucho tiempo en soledad. Y cuando los padres llegan a casa tras el duro día de trabajo, están tan agotados que apenas tienen energía para estar con el niño. De vez en cuando oye a los padres discutir, y el niño de apenas tres años que no comprende nada empieza a sentir que todo es por su culpa.

Cuando el hijo ya tiene unos siete años los padres siguen

trabajando mucho, y para compensar las carencias afectivas, le compran al niño una bicicleta más grande o las últimas zapatillas del mercado, y el vacío del niño cada vez se va haciendo mayor porque lo que él quiere es a sus padres y no a todas la cosas que les sustituyen.

Para el momento el que el niño tiene entre 10 y 12 años, ya toma una decisión interna que va a marcar toda su vida. El vacío y la tristeza que ya siente al no sentirse querido ni aceptado es tan grande que se vuelve contra él mismo. Entonces el pre adolescente, por puro instinto de protección, se crea una máscara tan impenetrable que ya es casi imposible que eso pueda cambiarlo en su vida. Comienza a sentir que no vale, que nadie le quiere y empieza su camino hacia su propia destrucción.

Como el dolor y el vacío que siente en su interior es tan grande y no puede con ello, el chaval, que ya tiene catorce o quince años, comienza a buscar cosas externas que lo atonten y lo anulen para así no tener que sentir el dolor interno que siente. En esa época es cuando el chico empieza a fumar, a beber y un poco más tarde se mete en el mundo de las drogas. Con el tiempo esa persona adulta se convierte en adicta a lo que sea tan solo para intentar rellenar el vacío que siente en su interior.

Y todo porque aquel niño de entre tres y once años pensó que lo que ocurría en su casa era por su culpa y empezó a sentir que no valía la pena para nadie."

Tras el relato los asistentes al curso se quedan petrificados. El silencio es tan denso que el aire de la sala pesa. Al fondo de la sala alguien solloza.

La instructora del curso pregunta si alguien tiene alguna duda. Nadie responde, pero justo cuando a va a pasar a otro tema, un hombre de unos cuarenta y cinco de años decide abrir su corazón al mundo y contar su historia:

—*Soy ingeniero y tengo una hija de nueve años. Durante casi toda mi vida adulta he estado enganchado al alcohol y a las drogas. Un buen día, desesperado fui a una librería y me compré un libro y un dvd de yoga, y sólo en casa comencé a practicar.*

Al cabo de un tiempo noté como si se me abriera la coronilla y sentí que algo había cambiado en mí. De eso hace ya dos años, y aunque sigo en el proceso de salirme de mis adicciones, sé que estoy en el camino correcto para mí.

Continuó diciendo:

—*Lo que realmente quiero compartir con vosotros es que tras el relato de la vida de un niño hasta que de adulto se convierte en un adicto a cualquier tipo de sustancia, me he dado cuenta de que a mí también me sucedió algo parecido cuando tenía diez años. Ocurrió algo en mi familia y entonces opté por elegir un camino equivocado. Me ha costado casi treinta y cinco años de mi vida empezar a salir del agujero negro en el que me encontraba. Lo que más me preocupa ahora es que mi hija que ahora tiene nueve años tome una decisión tan importante para ella. Supongo, que debo de dejar de tratarla como una niña y comenzar a tratarla como un adulto para que no tome las decisiones equivocadas.*

La mujer que daba el curso cerró los ojos por un instante, como pensando qué responder al hombre, y tras unos breves instantes en los que nadie se atrevía casi ni a respirar, respondió:

—*Tu hija con nueve años sí que es una niña, y como tal has de tratarla. Lo que una niña quiere de su padre es su amor, su cariño, su alegría, su fortaleza, su seguridad. Si le das todo eso a tu hija, ella crecerá en un ambiente seguro, cálido y lleno de amor. Entonces ella no sentirá el vacío que tú sentiste cuando eras niño y tu hija no se verá obligada a elegir erróneamente. Tu hija no desea tus preocupaciones, tus miedos, tus dudas, tus adicciones, ella tan solo quiere que la quieras. Si logras hacer esto logrará ser feliz y ambos habréis conseguido romper el patrón repetitivo que en la mayoría de las ocasiones se producen en muchas familias.*

La respuesta fue tan hermosa y tan lúcida, que al terminar David de traducir, una enorme sonrisa se dibujaba en los rostros de los asistentes al curso. Y sobre todo se vio un atisbo de clara y limpia esperanza en el corazón de ese gran hombre.

En esos momentos, David se da cuenta de que él también es adicto a algo. Es cierto que no toma sustancias nocivas, pero recuerda con tristeza ciertos episodios de su infancia en los que sintió las punzadas de la soledad y como ello le llevó, años después, a convertirse en un adicto emocional. Él también tomó una decisión equivocada siendo niño, y con el tiempo y los años, al igual que Andrea, quedó atrapado en su propia jaula de cristal.

El curso termina y cuando llega a casa enciende unas velas y el silencio de su ático solitario lo envuelve todo. Es entonces cuando David rompe a llorar. Muchos años después de haber abandonado su niñez, se da cuenta por fin de que todas sus relaciones de pareja se han basado en ese intento de rellenar ese vacío y ese agujero que de niño sintió.

Por primera vez en años, llora como el niño que todavía reconoce ser. Y se pregunta si en algún lugar de su interior podrá, algún día, comenzar a reconstruir ese hueco vacío que todavía permanece en él.

13

ANSIADA LIBERTAD

Tras un largo y penoso viaje en el que Gaizuki tuvo que sufrir las inclemencias del frío invierno, cruzar las nevadas y rocosas montañas llenas de estrechos y profundos desfiladeros a los que el joven tuvo que enfrentarse lleno de temor, llegaron por fin a los extensos dominios de Kenzaburo, el Gran señor del Este.

Desde que partieron de la pequeña aldea, el marcial adiestramiento del niño comenzó. En cuanto desapareció tras la colina y se unió llorando a la comitiva que le esperaba, los cuatro guardianes del señor feudal comenzaron a trabajar sobre su cuerpo, y sobre su alma.

Durante el largo retorno, el adoctrinamiento del joven guerrero fue intenso, apenas tenía tiempo para descansar o para comer. A pesar de su juventud tenía que acoplarse al ritmo de viaje de los cinco expertos samuráis. El cabalgar de las bestias era incesante, comían a lomos de los corceles, y tan solo paraban para dormir o para dar algo de descanso a los animales.

Mientras sus monturas dormitaban, a Gaizuki le obligaban a hacer todo tipo de trabajos para que así dejara de pensar. Cada noche, al parar para dormir y mientras los guerreros montaban el campamento, el niño tenía que recoger leña para la hoguera, conseguir su propio alimento y bebida, y preparar las viandas que comería todo el grupo a la mañana siguiente. Al mismo tiempo, los cuatro guardianes procuraban que ni una sola lágrima o atisbo de tristeza pudiera asomarse por el semblante del aprendiz. De todas maneras eso era casi imposible, porque estaba tan agotado que tan solo pensaba en descansar y reponer fuerzas para el nuevo día que con cada amanecer se presentaba inmaculado ante él.

Así fueron pasando los días y las semanas. Él, que nunca había salido de la pequeña aldea, no podía imaginarse que el mundo fuera tan extenso. Esto es algo que normalmente le ocurre a todos aquellos que nunca han tenido la valentía de mirar más allá de sus propios horizontes. El viaje hacia las tierras del Este fue largo, duro, penoso y agotador.

Durante todo este tiempo Kenzaburo ni siquiera se digna a cruzar una sola palabra con el niño. Parece que toda la amabilidad y cortesía mostradas ante su padre se han esfumado. Ahora entiende el verdadero poder de su señor. El Gran Señor del Este siempre cabalga el primero. Es un hombre que ha luchado en muchas batallas, y a pesar de haber heredado su vasto reino de su padre, siempre tiene que estar defendiendo todo aquello que ha recibido. Por ese motivo había aprendido a anticiparse al peligro. Puede sentirlo en el ambiente. Así cuando cabalga a lomos de su esbelto corcel, permanece en silencio, tenso, nervioso, intentando averiguar y solventar cualquier situación antes de que ésta se vuelva demasiado peligrosa. Su antes amable semblante se torna serio y severo. Y a medida que se acercan a su reino su humor se va ensombreciendo.

Kenzaburo es un daimyo, un gran señor feudal, pero sobre todo es un guerrero y como tal ama la libertad, el fragor del combate y el sonido de las espadas al chocar. Para él su mayor gloria consiste en mirar frente a frente a su enemigo y sentir las muecas del miedo en los rostros de sus oponentes. Siempre que lucha sonríe porque piensa que morir combatiendo es la más digna muerte que un samurái puede alcanzar. Recuerda con anhelo sus días de juventud en los que pensaba que viviría para siempre y se sentía por ello libre e invencible.

Por eso para él volver a palacio suponía sentirse enjaulado. Todos los días se volverían tediosos y aburridos tratando de lidiar con los asuntos más absurdos, tales como las disputas entre campesinos por unas simples ovejas, o con las intrigas y los enfados provocados por los celos y las bajas pasiones que se producían dentro de sus propios dominios.

Añora los días de total libertad en los que otros planeaban las batallas y él tan solo tenía que luchar. Allí era libre. Libre para vivir y libre para morir, libre para destruir las vidas de sus enemigos y para sesgar con un solo tajo de su katana los sueños, las esperanzas y las ilusiones de los que osaban enfrentarse a él. Sí, libre para compartir con sus otros compañeros de luchas la alegría de haber sobrevivido un día más a la compañía de la muerte, y libre para llorar las despedidas de sus amigos y hermanos caídos en el fragor de la batalla.

Ahora Kenzaburo lo tiene todo y al mismo tiempo no tiene nada. Casi todos los hombres le envidian y al mismo tiempo le temen. Es poderoso, rico, todos le consideran un gran samurái, sus dominios son inmensos, y junto a él una numerosa corte de personas atiende todas sus necesidades y cumplen todos sus deseos. Pero él se siente prisionero de su propio destino. Una vez probado los agridulces sabores de la riqueza, el poder, el control y el dominio, se da cuenta de que lo que más echa de menos es la libertad, y aprende demasiado tarde que a la emoción de sentirse libre tan solo se llega a través de la renuncia total. Le falta valentía para soltar, y por ello, una inmensa furia que le impele a seguir conquistando otras tierras y a continuar sesgando muchas vidas, invade todo su ser.

Así que ese es el motivo por el cual Kenzaburo no dirige ni una sola palabra ni un solo gesto hacia Gaizuki. Secretamente él envidia su total libertad. Libertad para elegir, libertad para escoger, libertad para morir y para vivir.

A menudo olvidamos con demasiada frecuencia que ser libre es algo que no depende de lo que tenemos sino de lo que somos y de lo que sentimos. De niños soñamos y creemos, y según vamos creciendo vamos perdiendo la fe en la propia vida y nos vamos llenando de cosas, de títulos, de estudios y de vivencias. Y poco a poco vamos olvidando y perdiendo esa frescura que tenemos en el amanecer de nuestras existencias. Tan solo es el olvido lo que nos separa de la libertad.

Cuando comenzamos a recordar, nos damos cuenta de que

todas esas cosas que hemos amontonado a nuestro alrededor, tan solo estorban nuestro sendero. Lo que sucede en la mayoría de las ocasiones, es que confundimos todo aquello que hemos puesto en nuestro camino con el sendero mismo, debido a que es lo que ya nos sobra lo que nos impide ver cuál es nuestro destino. Cuando Kenzaburo observa al joven Gaizuki, admite, por fin, que hace mucho olvido quien era.

Al llegar a las caballerizas del inmenso palacio los cuatro protectores desaparecen al igual que Kenzaburo. Dejan al joven aprendiz solo sin saber muy bien qué hacer ni a donde ir. Observa a su alrededor y comprueba que todo aquello es enorme. Nunca en su vida había visto tantas personas juntas ni tanta actividad. Todos están muy ocupados y nadie repara en su presencia por lo que se siente totalmente perdido. Justo cuando va a salir de la cuadra una mano fuerte y poderosa aparecida de la nada le sujeta por la nuca. Él se voltea y al hacerlo se encuentra ante un imponente guerrero de voz ronca, y potente.

—Soy Hashimoto, tu nuevo instructor —responde el dueño de tan impresionante presencia—. A partir de hoy estarás bajo mi tutela. Olvida tu antigua vida porque voy a estrujarte, desnudarte, asesinarte, destruirte y a moldearte de tal forma que cuando haya terminado contigo no vas a recordar nunca más quien eras ni tu pasado.

En esos momentos Gaizuki se acuerda de la inscripción impresa por su padre en su katana, y a pesar del temor que el aspecto de Hashimoto le produce, sonríe hacia adentro y se promete a sí mismo nunca olvidar quien es.

El nuevo instructor continúa:

—El Gran Señor del Este, mi daimyo, me ha hablado personalmente de ti y me ha encomendado la tarea de convertirte en el mejor samurái que jamás haya existido. Por eso sé que no volveré a luchar, y al no hacerlo es como si me hubieran quitado el honor, y sin eso toda mi vida carece de sentido. A partir de ahora es como si hubiera muerto, pero toda mi ira, toda mi rabia y todo mi odio serán descargados sobre ti, porque tú eres el culpable de mi muerte en vida. Si sobrevives a todo cuanto vas a soportar estarás debidamente preparado para todo aquello que algún día te habrá de llegar. Te llevaré hasta el límite.

Creerás que no puedes ir más allá. Destruiré tu cuerpo y aniquilaré tu alma, y cada día desearás la muerte para liberarte de tanto sufrimiento. Así, poco a poco, tu dolor me devolverá a la vida y con tu muerte yo resucitaré y viviré a través de ti.

—Mañana comienza tu despedida del mundo que hasta ahora has conocido, así que come algo y descansa porque —y haciendo una breve pausa miró fijamente al muchacho, tomó aire y gritándole continuó: — ¡a partir de mañana comenzaré a asesinarte!

Ya atardece, el aprendiz ha terminado de cenar. Entre tanto ruido y tantas personas, al menos una mujer ha tenido la delicadeza de indicarle donde están las cocinas y ha podido encontrar algo para alimentarse. Su cuerpo está cansado y su alma derrotada. Siente el susurro del miedo y como éste se mete por todos los recovecos de su interior. Tiembla, llora, y desea no estar en ese lugar. Recuerda los días en la aldea, los paseos junto al río que la separa del bosque. Siente el calor de la fragua de su padre y se deja llevar por los felices momentos de su niñez. —Niñez —piensa Gaizuki—, ¡hace tanto tiempo de eso ya! —En esos momentos se da cuenta de que ya no es un niño. Su cuerpo todavía es pequeño y su voz aún conserva el timbre agudo propio de la edad, pero algo en él ha comenzado a cambiar. Sabe que ha entrado en un mundo en el que solo cuenta consigo mismo y que ya no tiene vuelta atrás. Piensa otra vez en su padre y en las alegres mañanas en las que solo se preocupaba por ir a jugar, y finalmente comprende que todo eso se le ha escapado ya. De esta manera, sabe que lo único que pude hacer con todo ello es dejarlo marchar.

Allí sólo al atardecer, en mitad del patio que bordea el muro que protege al gran palacio, desenvaina su katana y como por arte de magia Gaizuki corta todos aquellos recuerdos y experiencias que le ligan a su niñez. Sabe que su niño ha muerto y que a partir de este mismo instante ya solo le queda crecer. —Es en soledad cuando las mayores trasformaciones suceden —piensa el joven samurái—. Solos venimos y solos nos vamos, y lo que realmente nos llevamos son aquellos momentos en que supimos decir "sí", porque esas afirmaciones son las que nos hacen avanzar, cambiar y madurar. —Todavía con la espada en su mano temblorosa tras el nuevo amanecer lee una vez más la inscripción "no olvides quien eres", y al envainarla en su funda, el eco de la voz de su padre resuena poderosamente en su cerebro.

— ¡Gracias padre por tu inmensa sabiduría y por tu infinito amor! —canta al casi extinguido sol que esos momento se oculta tras el anaranjado horizonte.

—Tú y la katana que forjaste para mi seréis mi guía cuando me pierda, mi luz en mitad de la oscuridad y mi soporte en los momentos de mis caídas. Espero y deseo con todo mi ser que cuando llegue el momento de mi partida haya sido un digno portador de todo cuanto se me ha regalado.

Al decir esto, Gaizuki mira al cielo ya casi oscurecido y con los últimos rayos del astro rey, casi ya adormecido, cree vislumbrar la sonrisa de su padre Haruki dibujada entre estrellas que ya comienzan a despuntar en la noche.

14

CONVERSACIONES CON EL MAR

Andrea se ha ido a un pueblo cercano a Asturias a pasar un fin de semana en la playa con sus amigas. Para ella este viaje es muy importante porque lleva más de cuatro meses sin salir de la gran ciudad y esto poco a poco la va consumiendo. Aunque las ciudades grandes tienen mucha oferta de ocio también generan mucho estrés. Siempre con prisas y corriendo a todos lados, la polución, los coches, el trabajo, las obligaciones. Por eso, poco a poco y sin darnos cuenta, habitar y pasar mucho tiempo en lugares de este tipo te comen la alegría sin apenas darte cuenta de ello.

Ella es consciente de que de vez en cuando necesita salir y ponerse en contacto con la naturaleza. Si además lo hace con sus mejores amigas, todo saldrá perfecto, o al menos así lo cree ella.

Tras un viaje en coche en el que ella y las amigas ponen su música favorita y cantan sin cesar sus canciones preferidas, llegan a su lugar de destino. Aunque es invierno, la temperatura es agradable y tan solo por el hecho de ver el mar y sentir la fragancia de la brisa marina le retorna la alegría de vivir que en estos últimos meses ha perdido.

Llegan a casa de Raquel, dejan sus maletas en el recibidor, y como es de noche, inmediatamente se van a cenar a un típico restaurante de la zona. Al estar en zona costera, piden pescado, que es su plato favorito, acompañado con una botella helada de buen vino blanco. Según pasan las horas todas se sienten alegres y felices. La mayoría de las veces buscamos fuertes experiencias en la vida. Sin cesar pretendemos vivir y experimentar grandes sensaciones por eso casi nunca valoramos el placer de las cosas simples y pequeñas, como en este caso, donde tan solo es necesario algo de comer y la compañía de buenas amigas para sentirse bien.

Tras las cena y habiendo dado buena cuenta de dos botellas de vino blanco, Andrea y sus amigas ya van un poco borrachas, por lo que deciden irse a tomar algo al bar de moda del lugar. Todas juntas, todas unidas, y a la vez cada día más solas en sus pequeños mundos separados. Sin hombres de los que depender, se sienten fuertes, seguras, alegres, como si el mundo estuviera a sus pies. Dentro del bar bailan y beben, con los ojos ávidos puestos sobre ellas de hombres que cada noche buscan alguien distinto a quien amar. Ellas ríen y todas sienten a la vez la fuerza que estar en juntas en grupo les da.

Ya es de madrugada, casi amanece y las cuatro amigas vuelven a casa. Todas están felices, o al menos eso parece en el exterior. Cuando llegan al portal, Andrea les dice que antes de irse a la cama prefiere darse una vuelta por la playa para despejarse un poco. Ella, a pesar de tener una intensa vida social busca a menudo la soledad. Las masas le agobian y al final necesita sus momentos en los que liberarse de tanta hipocresía, de esas sonrisas falsas que inundan la noche en cada ciudad. Soledad, es lo que Andrea necesita para escaparse de tanta mediocridad. Por eso pasea por la playa, descalza en mitad de la noche, y con la sola compañía del mar.

La encanta caminar. Es la terapia que utiliza siempre que quiere escaparse y volar. Al hacerlo deja vagar sus pensamientos, que en este caso casi todos acaban en el mar. Recuerda tiempos pasados, cuando en otra playa y en otro lugar, ella y David caminaban sin parar en unas playas tan largas y salvajes, que parecían nunca terminar. Durante muchos años siempre se había quejado de que sus amigas o sus antiguas parejas se pasaban el día entero en la playa sin hacer nada más que tomar cervezas y hablar. Y ella sola, siempre sola, se marchaba por las orillas a divagar.

Casi al final de ese verano, cuando todos se habían ido y solo quedaban ella y David, se fueron a una playa de moda. Como en otras ocasiones, había gente haciendo deporte, y otros, que tan solo estaban allí plantados y para ver si podían ligar con alguien. Como de costumbre, la pareja comienza a andar dejando tras de sí a todo el bullicio y a todos aquellos que en vez de relajarse tan solo van a exhibirse.

Hace calor y en un momento dado los dos deciden darse un baño, en una zona resguardada de las olas por unas rocas. La temperatura del agua es perfecta y los dos parecen disfrutar. Como no cubre mucho David se sienta en la arena y el agua le llega a la altura del pecho. Andrea permanece de pie a su lado. Transcurridos unos minutos él se le acerca y comienza a acariciar sus musculosas y definidas piernas. Al principio ella un poco cortada por el lugar público en el que se encuentran no reacciona demasiado, pero él continua y al final el roce de las pieles y la excitación pueden más que la vergüenza de ser vistos. Así que David está sentado en la arena del fondo cubierto por el agua, Andrea se sienta a su lado y se comienzan a besar. Besos puros, besos limpios, húmedos besos salados y pasados que a menudo intentamos retener

Poco a poco las manos de David comienzan a acariciar los preciosos y firmes pechos de Andrea, ella empieza a gemir. No pasa mucho tiempo hasta que el juego del amar llega a su clímax total. Todavía sentado bajo el agua, él se quita el bañador. Su miembro erecto y potente señala al firmamento desafiando el sedante efecto del agua. Ella observa lo que ocurre y riendo no se lo puede creer. Sin perder ni un segundo, ni un beso, ni una caricia, se sienta encima de él. Ella le mira con cara de deseo y él entiende inmediatamente lo que en ese momento necesita. El sol brilla en el cielo, las aguas mecen los cuerpos, y la danza amorosa de ambos amantes es tan hermosa, que los dos parecen perfectos. La naturaleza bendice a aquellos que se aman en su regazo, por ello ese día todo fue como un baile fluido de dos personas que por fin se han encontrado en el mismo trayecto como por cosa del azar.

Ahora Andrea, sola en mitad de la noche, vuelve a pasear junto al mar y recuerda con nostalgia aquellos días pasados.

Sentada frente al mar escucha las olas que van y vienen. Poco a poco ese ritmo distinto y a la vez tan igual, va serenando los pensamientos de Andrea que surgen de su cabeza sin parar.

Pasa el tiempo y las horas siguen su camino hacia un futuro que pronto llegará. Para Andrea el mar es su amigo y esta misma noche le trae recuerdos no muy lejanos de su compañero ausente.

—¿Qué te sucede? —pregunta el mar a Andrea.

—Me siento sola y sin nadie a quien esperar —responde ella.

—Supongo que sabes lo que te ha ocurrido, ¿o es que todavía sigues aferrada a tus antiguos pensamientos?

—No lo sé, estoy muy confusa, pensé que era una cosa que no ha salido bien, aunque estoy muy aturdida, en verdad.

—¿Y por qué no ha funcionado esta vez?

—Quizás no él era tan perfecto como yo quería creer.

—Perfecto no hay nadie, pero como en otras ocasiones, te has buscado una excusa por el miedo a caer.

—¿A caer? —pregunta Andrea.

—Sí a caerte de tu pedestal y a salirte de tu jaula de cristal. Tú sabes que te has equivocado pero tu orgullo no te deja reaccionar. Tu miedo y la opinión de tus amigas han podido, hasta ahora más que tu propia verdad. Y según pasa el tiempo te vas dando cuenta de cómo es la realidad.

—No sé de qué me hablas.

—¡Claro que lo sabes! —responde el mar.

—Junto a David no tenías ningún lugar donde esconderte. Tus antiguas artimañas no te servían con él porque iba más allá de las palabras. Ante él te sentías siempre desnuda y eso es algo que ni siquiera hoy puedes soportar. Ya sabes que te creaste una armadura para aislarte de la gente y permanecer siempre en tu exquisita soledad. Pero en este caso él veía cosas que tú nunca quisiste mostrar. Por eso te entró el miedo, te buscaste una excusa cualquiera, y le dejaste marchar. Pero según van pasando los días y los meses te vas dando cuenta de que nunca antes de conocerle te habías sentido en casa de verdad. Es tan solo tu miedo el que te aleja de David.

Mientras las olas van y vienen, Andrea piensa que se está volviendo loca al hablar con el mar. Pero en el fondo de su alma sabe que fuera quien fuera el que ahora habla, dice la verdad.

—Si continuas de esta forma acabarás sola, porque todos los que actúan movidos por el miedo y el orgullo, acaban sus días tristes, rotos, confusos —seguía murmurándole el mar.

Dicho esto, las olas, las mareas y las estrellas retornan a su ritmo habitual. Mientras Andrea se aleja, resquebrajada y vacía, en su propia soledad.

El fin de semana continúa con risas, llantos, complicidades, y cantos con las amigas, que hablan sin parar. Palabras vacías que solo aportan más desdicha y soledad. Ella se pregunta si la conversación que ha mantenido la otra noche en la playa es cierta o tan solo un producto de su pesar. Su mente le dice que es mentira, pero su corazón no deja de tronar. Aun así, ella sonríe a sus amigas a medias, porque su otra mitad tan solo desea llorar.

15

EL CAMINO DEL GUERRERO

—¡Levántate ahora mismo! —grita Hashimoto con voz fuerte y vehemente.

El joven se despierta bruscamente, le mira, y al observarle el hombre se da cuenta de que su lenta y dolorosa muerte ya comenzó ayer. Asombrado observa que frente a sí ya no existe ningún niño. En su lugar un joven de mirada penetrante y rasgados y profundos ojos negros ha ocupado su lugar.

Hashimoto no puede creer lo que ha sucedido. No obstante como buen samurái, está acostumbrado a los cambios, por eso mira fijamente a su joven alumno, y le dice: —Vamos fuera.

Ya en patio de armas, los dos guerreros cogen espadas de madera que se utilizan para adiestrar. Aunque no sean de metal, pesan, miden y tienen un equilibrio exactamente igual a las katanas asesinas. Por ello, ambos contrincantes pueden golpearse sin piedad. Se sitúan frente a frente y Gaizuki sabe que ha llegado la hora de la verdad.

Miradas fijas, miradas tensas, miradas penetrantes que intentan averiguar en una fracción de segundo, las intenciones del rival. El joven recuerda que su padre una vez le dijo:

—*Nunca pierdas de vista los ojos de tu adversario. Así conseguirás adivinar hacia donde dirigirá su próximo movimiento, y podrás anticiparte.*

De vuelta a la realidad Gaizuki recibe un impacto brutal en su costado. Durante un solitario y mínimo instante ha recordado las ya lejanas palabras de su padre, y eso le ha llevado fuera de la realidad. Hashimoto ha sabido leer ese momento y le ha atacado con malicia y furiosa crueldad.

—¡Mantente siempre en el presente! — grita su instructor—. Es lo único que tienes, el momento actual, si te despistas morirás. En el campo de batalla la vida y la muerte siempre van juntas de la mano, y depende de ti, de tu duro entrenamiento y de tu habilidad, elegir sin con la pesada muerte o con la vida deseas bailar.

Mientras tanto Gaizuki se lleva las manos a las costillas en señal de dolor. Hashimoto contraataca de nuevo y le vuelve a golpear, esta vez sin espada. Su oponente está ya vencido y tan solo una patada seca en la frente, le tumba Y así continúan durante horas un combate desigual. El profesor golpea y ataca sin cesar y el joven samurái se defiende como puede, y caída tras caída, se vuelve a levantar. Su cara está ensangrentada, su cuerpo lleno de grandes moratones, su alma partida y sus pulmones a punto de estallar. Con cada golpe que recibe, su cuerpo se vuelve más fuerte, su mente más poderosa y su fuerza se torna a cada momento más furiosa. Finalmente Hashimoto termina su ataque, le saluda con respeto, y le dice:

—Hoy has luchado bien Gaizuki. Aun sabiendo que tu oponente era superior a ti has sabido defenderte y sobre todo has continuado el combate. Hoy he sabido que te convertirás en un gran guerrero porque has permanecido en la lucha, no te has rendido, y eso es lo que te hace continuar. Lo que marca la diferencia entre un guerrero y uno que tan solo maneja la espada con destreza   es la voluntad. Por eso hoy te has ganado mi respeto, joven aprendiz. Ve y cúrate las heridas, duerme tranquilo porque hoy tu vida entera ha empezado para siempre a cambiar.

Gaizuki está agotado, cansado, ensangrentado y destrozado. Aun así una sonrisa de triunfo se dibuja en sus labios partidos. Siendo aún todavía muy joven siente que hoy, a pesar de parecer que ha perdido sabe que realmente ha vencido. Haciendo caso de las instrucciones de Hashimoto entra en su pequeña choza, se cura sus heridas, mira su katana envainada, la acaricia suavemente, la agarra, y con su cuerpo aún con hematomas y dolorido, abrazado a ella se queda dormido.

— ¡Ya estás aquí de nuevo! —ruge al día siguiente el enorme samurái—. No se te han quitado las ganas de continuar. Eso dice mucho de ti. Como hoy tu cuerpo todavía está herido, aprenderás sobre que significan el valor y el honor para un samurái —. Y comienza a contarle una historia:

"Todos los samuráis seguimos siete principios que rigen el código del Bushido. Estos principios son: GI, honradez y justicia; YU, valor heroico; JIN, compasión; REI, cortesía; MEYO, honor; MAKOTO, sinceridad absoluta; CHUGO, deber y lealtad.

Todo nuestro entrenamiento, todo nuestro sufrimiento, todas nuestras habilidades, y en definitiva, toda nuestra vida, van dirigidas a cumplir las siete normas del código Bushido. Si fallas tan solo en una de ellas serás un guerrero pero no llegarás nunca a ser un samurái.

Un samurái es alguien que lucha por algo que es superior a sí mismo. Vive frugalmente, no le interesan las posesiones materiales ni la gloria ni si quiera la victoria. Un samurái es alguien que vive para cumplir el código. Prefiere morir con honor a vivir sin él. Por eso si pierde una batalla se practica así mismo el Seppuku o Hara-Kiri. El guerrero se suicida porque vivir sin honor para él es peor que morir.

Para nosotros cada enemigo que derrotamos en el combate se convierte en alguien a quien estamos agradecidos porque nos ha ayudado a convertirnos en mejores guerreros. Nunca caemos en la auto-complacencia porque sabemos que la perfección absoluta es una montaña inexpugnable que nunca se puede coronar.

Nuestras vidas también se rigen por la justicia, la benevolencia, el amor, la   sinceridad, la honestidad y el auto control.

Por ello un samurái es alguien cuya última finalidad es vencerse a sí mismo más que vencer a los demás. Debido a todo ello nuestros mayores señores son el orgullo interno y el honor."

El aprendiz escuchaba atentamente a todo lo que su mentor le explicaba. Hashimoto continuó con su relato:

—*"Existen muchos hombres que quieren llegar a ser samuráis porque ello implica colocarse y vivir en otro lugar de la existencia. Para nosotros el mundo es diferente al de los demás mortales.*

Por este motivo son muchos los aspirantes y pocos los que llegan a conseguirlo porque convertirse en un samurái va mucho más allá que simplemente manejar con destreza el arte de dominar la katana. Eso es algo que bastantes hombres pueden llegar a alcanzar con voluntad y duro entrenamiento. Pero la mayoría desisten cuando descubren que el verdadero guerrero es aquel que lucha constantemente consigo mismo y que conduce su vida guiado siempre por los códigos del honor y del amor. Es allí donde el verdadero valor del samurái reside. Es una meta que le lleva toda la vida alcanzar por eso es tan duro y complicado que la mayoría abandona al poco de comenzar.

Por ello joven Gaizuki, ahora que estás a tiempo de claudicar, debes decidir si quieres convertirte en un verdadero samurái, o si tan solo has venido a aprender a manejar tu katana con cierta destreza para luchar.

Esta decisión te dejará una herida más profunda de la que cualquier arma podrá jamás causarte, porque una herida del cuerpo se cura con cuidados, y en caso de que no sea así, morirás con honor. Pero si tomas la decisión de seguir adelante significa que adquirirás un compromiso contigo mismo de por vida. Eso es algo muy difícil de mantener para siempre porque en muchos momentos dudarás de ti, sentirás el frío abrazo del anochecer y la soledad en tu corazón, y habrás de abandonar una vida de comodidad y tranquilidad. Siempre estarás dispuesto a marchar y a abandonar todo lo que construiste en un breve segundo. Y según pasen los años, si continúas con vida, cada día te resultará más difícil renunciar. Pero tu compromiso con el código Bushido y sobre todo contigo mismo te obligará a partirte muchas veces por la mitad. Así que mi joven aprendiz, vete una vez más a tu choza y decide que es lo que quieres en tu vida alcanzar.

Esta vez voy a dejarte dos meses para decidir, porque las heridas que tu decisión van a causar en ti serán tan profundas que vas a sentirte fallecer. Una vez lo hayas superado, si es que lo logras hacer, estarás definitivamente siguiendo el Bushido, El Camino del Guerrero, y ya no tendrás nunca más miedo a morir.

Recuerda que será un camino duro, lento, doloroso que desgarrará tu cuerpo, tu mente y tu espíritu. Pasarás muchos momentos de duda, y el mundo que antes conocías se derrumbará y desaparecerá totalmente ante ti. Tu alma conocerá las noches más oscuras y los infiernos más tenebrosos. Escalarás las montañas más peligrosas y tortuosas, y justo cuando estés a punto de llegar a la cima, tropezarás con tu orgullo y con tus miedos, y caerás perdiéndolo todo para volver a comenzar desde el principio otra vez más. Eso es lo que el Camino del Guerrero te ofrecerá.

Si persistes y logras dominar tu voluntad conseguirás conquistar un lugar que muy pocas personas logran alcanzar, y tu victoria será tal que todo tu ser sentirá al instante que la lucha ha merecido la pena y no cesarás de sonreír. El Camino del Guerrero te enseñará y te dará valentía para morir, y te regalará, tras muchos sufrimientos, la alegría y fortaleza para vivir".

Dicho esto Hashimoto ordena a Gaizuki que se vaya a descansar.

El joven aprendiz llega a su humilde choza de adobe grisáceo y techo de paja con un dolor aún más grande que el producido por la lucha física con su maestro el día anterior. Su choza es pequeña, tan solo contiene un tatami para dormir colocado en el suelo, una banqueta para meditar, un altar para recordar a sus ancestros y una pequeña ventana que permitía observar el despunte del sol por el este al despertar. Se tumba en su pequeño camastro y suavemente comienza a dormitar.

Gaizuki sueña con otro guerrero de una época futura muy lejana. Es un "gaiji", un extranjero que habita en tierras lejanas. Este guerrero viste de una forma extraña. No lleva armadura, ni escudo, ni arco, ni katana. Sin embargo él también monta a lomos de una extraña bestia de dos ruedas y estructura de metal que se mueve velozmente con un zumbido extraño con tan solo girar el mango de una empuñadura ubicada en un manillar. Este hombre no tiene los ojos rasgados sino redondos, la piel blanca, el pelo corto y un pequeño lunar en el labio inferior derecho. Vive en la aldea más grande que ha visto nunca con construcciones altas y enormes de muchos pisos donde casi todas, en lugar de estar hechas de madera, son de metal con ventanas de cristal.

Es un sueño muy extraño donde ve barcos blancos con alas enormes volando en el cielo, carruajes de colores y formas diferentes rodando por caminos lisos y grises, y en donde aparecen imágenes sonoras, luminosas y cambiantes hablando una lengua extraña, que el guerrero del futuro mira embobado tras una caja luminosa, también fabricada con un extraño y negro metal.

Es un mundo muy lejano y diferente, las guerras ya no se libran con katanas ni con arcos ni escudos, y en ellas, unos barcos grandes, grises, con cañones alargados y sin velas, surcan veloces el mar.

Aun así en su sueño, Gaizuki mira al guerrero y se da cuenta de que sus miedos, sus angustias, sus penas, sus glorias, sus victorias, y sus derrotas, son muy parecidas a las suyas, y esto le causa pesar.

A pesar de la distancia, el tiempo, la diferencia de culturas y la extraña lengua que el hombre parece hablar, ambos comparten un mismo destino, una misma lucha y una misma meta que alcanzar. Gaizuki sabe que ambos han decidido al mismo tiempo morir para vivir. El guerrero moderno se voltea lentamente y una sonrisa se esboza en su rostro. Su mirada se fija en la suya, sus movimientos son lentos y precisos. Todo en él fluye mansamente y una paz y una luz poderosas emanan de su interior y se reflejan en su cuerpo delgado y musculoso. Tras unos momentos de silencio en el que el espacio entre dos personas parece infinito y lejano, el hombre del sueño dice finalmente:

—Bienvenido a la vida Gaizuki, soy aquel en quien te convertirás mañana. Mi futuro depende de ti por lo que espero continúes el Camino del Guerrero hasta el final. Soy tu esperanza y tu luz, y en tus numerosas batallas me utilizarás como escudo y como lanza cuando todas tus otras armas te hayan fallado. Tan solo recuerda mi nombre y mi rostro porque algún día lejano volveremos a encontrarnos. Me llamo David, y soy tu futuro que algún día se convertirá en el presente con el que habrás de lidiar.

16

GRANDEZA Y SOLEDAD

Tras el extraño sueño vivido la noche anterior el joven samurái se despierta aturdido, extrañado, y perdido. No logra entender que ha sucedido ni el significado de su sueño. Ha sido transportado a un mundo futuro que ni siquiera conoce y esto le causa un gran desasosiego. Ha visionado la destrucción de su mundo presente. En el futuro los samuráis ya no existen y los señores feudales desaparecen. Su sueño le dice que todo aquello por lo que ha luchado será borrado de la existencia, como si jamás hubiera sucedido, y esto le llena de una extraña sensación de vacío.

Todavía con el alma perdida y con el cuerpo entumecido decide consultar el altar de sus ancestros. Aquellos, que aun estando presentes, ya han partido. Tembloroso enciende algo de incienso e intenta buscar en el humo de las varillas quemadas las respuestas a sus muchas interrogantes sobre el sueño. Al principio no ocurre nada. Eso es algo que sucede siempre que buscamos soluciones desde el miedo o cuando estamos tensos. Por eso decide relajarse un poco y esperar con paciencia a que el tiempo le revele todo aquello que permanece oculto entre las neblinas de lo eterno.

Sigue quieto, callado, sin nada que le moleste, y poco a poco todo su ser comienza a serenarse. Así, sin esfuerzo, su mente empieza a callarse y logra con paciencia y suavidad conectar con su centro.

Desde que era muy niño él y su familia solían juntarse, justo antes del anochecer, a practicar el arte de meditar. Haruki, su padre, le había enseñado muchas técnicas y maneras de hacerlo, pero su preferida era la de sentarse pacíficamente en un lugar hermoso y mirar como el sol se iba escondiendo tras la colina.

Eran momentos preciosos, en donde el sol, al irse a descansar, iba tiznando el cielo con unos colores imposibles de imitar. Mirando al horizonte se veían las nubes siempre cambiantes, las copas de los árboles del bosque adquiriendo matices y formas extrañas debido al juego de sombras y luces que los rayos del sol reflejaban en sus hojas Todo ello, junto con el imparable fluir del río en su serpenteante camino hacia el mar, hacían de esos instantes, un espacio de conciencia en el que hallaba la paz.

Ese era el lugar perfecto para descansar. Lejos de todos los ruidos, de todas las faenas del día y de todas las preocupaciones, todo se serenaba y allí todos ellos descubrían algo de felicidad.

Por eso ahora Gaizuki en su choza de adobe y paja, evocaba aquellos momentos tranquilos para poder recordar su verdad. Su mente continúa serena y su voz interna le dice que no se preocupe por el sueño, que eso era el futuro y que algún día descubriría el significado de todo aquello que todavía no está preparado para comprender. Desde ese lugar de quietud consigue serenarse por lo que su sueño se diluye en los rincones del olvido.

Mientras tanto, en una de las cámaras secretas del palacio, Hasimoto, el samurái encargado de la instrucción de Gaizuki, y Kenzaburo, el señor feudal, se habían reunido para hablar de los avances del joven.

—Aprende rápido, es fuerte, y veloz. Resiste cada golpe con el estoicismo propio de un hombre experimentado y tiene unos reflejos como nunca antes había visto, opina Hashimoto, pero…

—¿Pero qué? —pregunta Kenzaburo con fuerza y enfado.

—Tan solo no estoy seguro que tenga la fuerza interna y el convencimiento suficiente para seguir el Bushido, el Camino del Guerrero, hasta el final—responde el instructor.

—Adiéstrale lo mejor que sepas. Condúcele hasta lugares que

ni imagina que existen. Exprímele, destrózale, manipúlale, y si es preciso hazle olvidar quién es, su nombre y de donde viene pero conviértele en un samurái verdadero. Él está llamado a sucederme, a liberarme de mi prisión dorada y a convertirse cuando me asesine en el siguiente daimyo, señor feudal. No podemos permitirnos perderle.

El viejo samurái no sabe que pensar de las palabras de su señor. Este al ver la sombra de la duda en el semblante del instructor, vuelve a hablar

—Hashimoto, has estado toda tu vida a mi servicio y cuidado. Juntos hemos compartido muchas luchas y hemos aniquilado a todos nuestros enemigos. Tú fuiste mi maestro y ahora eres mi amigo. Sé que al ordenarte que dejaras de luchar y te dedicaras en cuerpo y alma al adiestramiento del joven Gaizuki una parte de ti murió, porque para ti tu vida es el campo de batalla y la gloria. Por eso te prometo que si haces bien tu trabajo y consigues convertir en un guerrero verdadero a Gaizuki tu honor será restaurado, podrás acompañarle a las batallas y te convertirás en su sombra protectora. Así tu gloria, tu orgullo y tu cuerpo te devolverán a la vida.

Ambos hombres se miran. Por un instante la distancia que separa al señor y al súbdito desaparece y el halo de la amistad y los sufrimientos pasados en compañía vuelve a unirles como antaño. La posibilidad de recuperar su antigua vida hace que retorne el brillo a los ojos de Hashimoto. Al fin y al cabo él es un samurái y su lugar está en la lucha, en la batalla. Allí, entre el sudor de los hombres, los gritos de agonía de aquellos que ya visualizan el abrazo de la muerte y los de victoria de los que hoy han conseguido vivir otro día más.

Luego tras ese breve instante el universo devuelve a ambos hombres al lugar que les corresponde por nacimiento. El instructor se aleja un poco del señor feudal y responde:

—Mi señor, haré de él un samurái invencible aunque sea mi propia muerte el precio que tenga que pagar por ello.

Dicho esto agacha la cabeza en señal de respeto por su daimyo y sale de la sala en dirección al patio de armas del palacio.

Kenzaburo se queda solo, pensativo. En ese instante adivina cuán proféticas serán las palabras de su amigo Hashimoto. El señor feudal se promete así mismo vigilar constantemente todo lo que diga, porque en muchas ocasiones, sin ser consciente de ello aquello que decimos y soltamos al universo acaba por convertirse en realidad.

Mientras tanto Gaizuki en su choza se siente morir. La decisión de continuar el Camino el Guerrero es tan poderosa y él se siente tan pequeño que no sabe qué hacer. Las recompensas serán numerosas, pero también es consciente de que el proceso por el que ha de pasar es tan poderoso y doloroso, que siente miedo ante la decisión a tomar.

Ahora comprende la razón por la cual la mayoría de las personas abandonan el camino y prefieren quedarse donde están. Con sus pequeños miedos, sus pequeñas alegrías, sus pequeñas conquistas y derrotas. Gente pequeña con vidas diminutas que viven en su mundo conocido aunque estén perdidos.

A pesar de su juventud, Gaizuki ya sabe que la grandeza personal y el crecimiento van a menudo acompañados de una exquisita soledad. Porque aquellos que deciden continuar hacia delante dan un paso más, y todos los demás, que permanecen pequeños, les resulta incómodo soportar a quienes un día decidieron saltar al vacío y confiar. Aunque todos son conscientes de su pequeñez y cuando están con ellos mismos sienten las agudas punzadas del destino, prefieren permanecer en donde está, por miedo a encarar con valentía el desafío que el universo les ofrece. Por ello son muy pocos los que aun estando muertos de miedo, tienen el coraje de continuar su viaje y de transformarse en aquello que están llamados a conquistar.

Aun así Gaizuki se debate entre la duda y el temor. Tiene una lucha interna que no se libra con katanas ni con escudos. Ni siquiera tiene ningún enemigo externo contra el que luchar. Si fuera así todo sería mucho más fácil. Podría adivinar sus puntos débiles, incluso le sería posible negociar en caso de que fuera más poderoso que él.

En esta batalla que ahora libra contra sí mismo, solo le queda luchar dignamente con la esperanza de que la muerte pueda librarle del desenlace final. Son en esas luchas mortales donde las líneas de la vida, el destino y la eternidad se entremezclan continuamente sin saber, hasta que amanece, si hemos vencido, o si por el contrario, hemos sido derrotados justo al final. Y en caso de haber perdido el combate, sentimos con una profunda en intensa tristeza, que si tan solo hubiéramos resistido los ataques un poco más, podríamos haber derrotado y cambiado el resultado a nuestro favor.

17

BROMAS, RISAS Y PENAS

Es invierno, hace frío y es de noche, aun así David ha quedado con unos amigos suyos para jugar un partido de baloncesto. Jugando son nefastos, pero se divierten al culparse los unos a los otros por los muchos errores cometidos durante el juego.

El echarse en cara en broma sus pocas habilidades en este partido forma parte de la amistad que los hombres hilan continuamente a lo largo de sus vidas. A ojos de otras personas, pueden parecer infantes enfadados porque han perdido el partido, pero para ellos, ganar o perder es lo que menos les importa. Se trata de estar juntos. Cualquier excusa vale para luego ir a tomar algo y hablar de su tema favorito, las mujeres.

Ya en el vestuario, tras el partido, todos se ríen de todos. Carlos le dice a David que es un pésimo defensa, y éste le responde en broma que si no llega a ser porque sabe al menos correr y tiene aguante el equipo contrario les hubiera metido veinte puntos más. Luego Jorge hace un gesto específico que todos conocen, y como siempre acaban metiendo a Juan vestido en la ducha.

Tras los enfados pertinentes de Juan y sus múltiples protestas, acaban pidiéndole perdón y salen todos juntos a tomarse unas cervezas. De todas formas, el grupo sabe que a Juan esto le encanta, y que por eso siempre se lleva ropa extra en la bolsa por si acaso le meten otra vez en la ducha vestido. Por supuesto, ninguno le dice que lo saben y así todos se quedan felices por compartir la alegría de estar juntos. Luego en el bar comienzan las confesiones.

La mayoría de las mujeres creen que los hombres no comparten sentimientos entre ellos. Es cierto que lo hacen de forma diferente, y quizás menos visible que las chicas. Pero la camaradería que existe entre los verdaderos amigos es algo muy difícil de entender por el género femenino.

Así pues entre cerveza y cerveza, los amigos acaban también abriendo sus corazones.

—¿Qué tal te va la vida? —pregunta Antonio a Juan.

Juan ha sido padre hace unos meses y por lo tanto hace mucho tiempo que no quedan con él.

—Pues te diría que contento a medias —responde Juan—. Una parte de mi está encantada, porque mi hijo es una maravilla y es guapísimo. —En una fracción de segundo Juan echa mano de su cartera y saca una foto de su bebé. Al instante todos miran y asienten con felicidad ante la cara de tonto de su padre. —Pero por otra parte estoy agotado. El niño no hace bien las digestiones y no duerme nada, y tanto Marta como yo estamos muertos. No dormimos más de dos horas seguidas desde hace tres meses.

Los amigos se ríen al unísono y se alegran con sinceridad de las buenas noticias, porque todos saben que tras los primeros meses, lo peor ya ha pasado y la vida vuelve a su cauce normal.

Así siguen hablando y conversando entre ellos, hablando de lo cara que está la vida, de que si la crisis va a acabar con la riqueza del país, de deporte, de política, hasta que por fin Juan pregunta ingenuamente:

—Bueno David, ¿y tú y Andrea os vais por fin estas navidades a esquiar?

Todos los demás amigos le miran petrificados. Juan al ser padre primerizo no ha quedado con ellos desde que ha tenido el bebé, por ello no sabe lo que ha sucedido. Luego en el siguiente segundo, en el que el tiempo parece hacerse eterno, todos giran sus miradas hacia David. Él se toma su tiempo para responderle y dice:

—Pues al final no podemos ir porque Andrea tiene trabajo pendiente.

Menos Juan que parece quedarse contento con la respuesta, los demás se miran entre ellos, y Carlos, para romper la incómoda situación pregunta si alguien quiere otra cerveza más. Y así la tensión se diluye, los amigos vuelven a sus conversaciones normales, y todo sigue como hasta hace unos minutos, con alegría y soltura. Pero algo ha cambiado en David. Ya no habla, ya no sonríe, ya no se toma otra cerveza. Nadie parece darse cuenta de nada menos Carlos, que es muy parecido a él. Decide por el momento dejarle tranquilo y hablar con él un poco más tarde.

Ya es hora de volver a casa, los amigos se despiden bromeando, una vez más, los unos con los otros sobre su pésimo nivel de juego. Más risas, más abrazos, promesas de volver a verse pronto, y deseos de que el hijo de Juan duerma tranquilo y permita a los padres recuperarse un poco del cansancio.

Por fin cuando todos se han ido, quedan solos Carlos y David.

—¿Por qué has respondido eso? —pregunta Carlos.

—Pues la verdad no lo sé. Me ha dado pena, está tan agotado por no dormir que no quería calentarle la cabeza. Sé que se ha divertido y eso es lo que me importa, para eso somos amigos, ¿no? —responde David.

—Sí, pero también lo somos para compartir lo bueno y lo malo, la alegría y la tristeza. Si no lo hiciéramos así no seríamos amigos, tan solo seríamos personas que se reúnen para divertirse, y eso no es lo mismo para nada.

—Quizás tengas razón, pero ¿qué quieres que le diga? Claro que estoy triste, estoy perdido y me siento abandonado. Cuando me voy a la cama solo por las noches echo de menos su presencia. Y desde que estoy sin ella y ceno en casa acompañado de la televisión, todavía dejo libre el lugar en el que ella se sentaba con la esperanza de que vuelva algún día a ocuparlo. Esperanza que cada día se va difuminando en el espacio de lo eterno, porque soy consciente de que ella cree que estoy bien, tranquilo y contento. Además, su miedo, su orgullo y sus amistades no van a permitirla llamarme

—También podría explicar a Juan, que cuando voy al parque intento hacerlo a horas distintas a las que ella va porque tan solo el hecho de sentir su presencia me parte el alma. Y también que cada viaje que hago o cada vez que quedo con los amigos comunes siento como todos me miran con lástima, y yo me siento triste y vacío. Y como eso podría haberle dicho muchas cosas más.

David deja de hablar unos instantes como pensando que decir y luego continúa:

—Pero eso es algo que aunque lo cuente debo vivirlo en soledad. Puedo compartirlo con vosotros y de verdad que agradezco vuestra ayuda, pero el duelo de la pérdida es algo que solo puedo experimentarlo por mí mismo. Porque si no lo hago debidamente y me dejo arrastrar por las filigranas del miedo, esto me llevará a liarme con otra enseguida y cuando se acabe volveré a sentir lo mismo pero con otro nombre y con otra cara. Por eso debo enfrentarme a todo esto que ahora siento en soledad. Si lo evito, seguirá persiguiéndome toda mi vida y no puedo vivir más con esto. Si logro hacerlo bien y dominar mis temores entonces creceré, mutaré, trascenderé todo esto y podré renacer. Pero primero necesito aprender a morir, para poder experimentar algún día la alegría de vivir.

Carlos le mira y tras las sabias palabras de su amigo David le da un fuerte abrazo, de esos que llegan hasta el fondo de tu ser.

—Lo que siempre he admirado de ti es tu valentía y tu firmeza —dice Carlos—. Para mí eres alguien que me enseña cada día y te lo agradezco. De todas formas tan solo quiero que sepas que aunque es cierto que has de pasar todo esto en soledad, estás siempre acompañado. Ahora no estás con Andrea, y el tiempo dirá que sucede con ese tema, porque ya sabes que la vida da mil vueltas y uno nunca sabe lo que sucederá mañana. Pero quiero decirte que dispones de mucha gente que te quiere y que está deseando estar a tu lado. Por eso cuando así lo desees llámanos que enseguida estaremos junto a ti.

Dicho esto le da un apretón de manos, y se marcha a casa, botando pausada y rítmicamente el balón contra el suelo.

David queda solitario en medio de la noche, con las letras de neón del bar donde han estado tras de sí. Piensa que aunque Andrea ahora no esté en su vida es un hombre afortunado. Tiene una familia maravillosa con la que se lleva a la perfección, cosa por otra parte nada fácil en los tiempos que vivimos. Sus amigos le adoran de verdad, no porque consigan algo de él, sino porque tan solo por el hecho de estar a su lado se sienten felices, y tiene un horizonte ante sí amplio, fresco, nuevo y espacioso. Sí, Andrea ahora se ha ido, pero David siente que su vida tiene mucho sentido. Por eso agradece a la existencia las nuevas oportunidades de experimentar las nuevas sensaciones que se están abriendo ante él.

—Mañana será otro día y veremos lo que me depara la vida —piensa para sí mismo mientras conduce su potente moto plateada hacia casa.

18

DESCENSO A LOS INFIERNOS

—¡Ya han pasado casi dos meses! —grita Hashimoto a Gaizuki a la puerta de su choza.

—¿Qué has decidido? —vuelve a rugir.

El chico sale de la cabaña con el pelo alborozado, largo, despeinado y sucio. Su aspecto es el de un reo cautivo al que han encerrado durante meses en una celda oscura y abandonada. Ha perdido mucho peso, se ha quedado en los huesos y los músculos que antes tenía han desaparecido entre los pliegues de su piel agrietada. Apenas se mantiene en pie y parece como si las ratas y los insectos voladores hubieran dado buena cuenta de sus ropajes andrajosos. Tiene un aspecto lamentable, y Hashimoto al mirarlo, teme por un momento por la vida del joven.

Realmente no solo teme por eso, sino por su propia vida, porque sabe que si el chico muere o decide no seguir el Camino del Guerrero, el también morirá. Su cuerpo seguirá vivo pero su alma, su orgullo, su honor y su corazón habrán partido antes de tiempo. —Eso —piensa para sí mismo— es algo que les sucede a muchas personas. Que están muertas aunque sigan vivas. —Y al reflexionar sobre ello un escalofrío de absoluto terror recorre todo su cuerpo.

Gaizuki le observa con sumo cuidado y sutileza. Y al hacerlo en seguida comprende. Ahora mismo, a pesar de su aspecto de pordiosero, de su extrema delgadez y de sus manos quebradas es quien ahora ostenta el poder. Su instructor tan solo es alguien fuerte y fiero por fuera pero por dentro está asustado. Como hace ya casi dos meses, cuando se miraron por primera vez en el patio de armas y lucharon salvajemente, ambos contrincantes vuelven a observarse en silencio. Esta vez es el joven tiene la fuerza, el poder, la resolución y el mando. No obstante a pesar de la sensación de triunfo que siente, sonríe y dice:

—No temas Hashimoto, mi alma me ha hablado. Durante estos dos meses he bajado a los infiernos y los fantasmas del miedo y del deseo me han visitado. Los demonios han vigilado mi cama constantemente. He sufrido el silencio absoluto, la demencia de mi mente, y el abandono de mis ancestros. Visité los lugares donde tan solo aquellos calificados como locos han podido alguna vez atisbar, y justo cuando creía que no podía seguir más, los vientos y las mareas de lo infinito volvían a zarandear la frágil barca en la que navegaba, y siempre estaba solo y abandonado.

—Constantemente mi cabeza me decía que retornara pero no lo hacía porque sabía que era ella la que intentaba rendirse. Y si lo hacía ahora, justo en este momento en el que me hallaba, me arrepentiría para siempre. Por eso seguí profundizando aún más en la marea. Y fue en ese allí en el que todos los diablos que habitan en los abismos fueron cegados por una fuerte luz que provenía desde aquello que tan profundo habita que nunca podremos aprehenderlo. Y fue esa fuente inagotable de energía la que me trajo de nuevo al mundo, cuando yo ya me había rendido y donde fui salvado y devuelto a la vida.

Hashimoto sabe bien de lo que hablaba el joven. Cuando él tenía aproximadamente su edad también visitó esos lugares y también fue salvado de la muerte segura por la luz eterna que en todos nosotros habita aunque la mantengamos casi siempre adormecida.

—Por eso decido morir, continua Gaizuki, —porque sé que lo que ha sucedido en estos meses en la cabaña y durante toda mi vida tan solo eran el principio de mi muerte anunciada. Y por ello, y gracias al poder y la gracia de la luminosidad que todo lo envuelve, retorno al mundo para celebrar mi muerte. Esto tan solo es el comienzo, porque intuyo que cuando tenga el valor de morir plenamente, empezaré a vivir conscientemente.

—Estoy preparado. Enséñame el Bushido, el Camino del Guerrero. Seré tu aprendiz más aplicado, porque sé que de mi muerte depende mi futura vida. —Una vez dicho esto y con un último suspiro interno, Gaizuki cae al suelo fulminado como si fuera un trapo ligero que alguien de su mano ha soltado.

El maestro mira a su aprendiz tendido en el pavimento. En apenas dos meses ha transmutado de su niñez a la fase adulta. Dentro de la cabaña dejó marchar su adolescencia y su juventud como aquel que tras arrancar unas briznas de hierba fresca en el campo, abre las palmas de las manos y las sueltan al azar de los caprichosos vientos que libres surcan los cielos inmensos. El severo instructor mira otra vez al joven y se da cuenta de que ya se ha convertido en un hombre a pesar de su corta edad.

Hashimoto se marcha feliz por la decisión adoptada por Gaizuki. Le deja allí tirado en el suelo. Sabe que una vez más volverá levantarse por sí mismo y se encontrará un poco más cerca de su plenitud. Está contento y empieza a vislumbrar que quizás junto al joven también él logrará encontrar la paz que nunca antes llegó a alcanzar.

Por primera vez en su vida mira tranquilo al horizonte. El instructor de samuráis siente la luz dentro de sí y algo le dice que cada conquista que el joven consiga alcanzar será como si fuese suya también.

Agradecido por esta oportunidad reza una simple oración a sus ancestros. Se sorprende a sí mismo porque hace mucho que no se acordaba de ellos. Por su parte, desde otro lugar de la existencia, ellos le sonríen porque saben que a través de su aprendiz él logrará encontrar el sentido a su vida. Gaizuki ha comenzado hoy el Camino del Guerrero, lo que no sabe es que también hoy Hashimoto ha iniciado el Camino de la Redención, aquel, que tras años de luchas, de victorias y derrotas le devolverá a casa en paz.

El camino de la existencia es a menudo extraño y tortuoso y hasta que pasan muchos años no somos conscientes de que ese sendero empinado, oscuro y bacheado era el que cada uno de nosotros había necesitado para transformarnos de simples personas en seres liberados. Todo aquello que nos ha destrozado, maltratado, desilusionado y nos ha hecho sentirnos fracasados, no eran más que las manos del Alfarero que nos iba moldeando para lograr piezas y seres perfectos. Al igual que la vasija sufre en su proceso hasta convertirse en pieza preciosa, nosotros también hemos de pasar por sucesivas transformaciones personales hasta poder llegar a sentir la alegría de vivir.

Para los más flexibles el camino es menos complicado. En cambio para los que se vuelven más rígidos, debido al temor a la vida, han de volver a empezar una y otra vez. Sin embargo, al final todo es una cuestión de paciencia, porque llega un momento en que todos nos encontramos en el mismo lugar. Por eso la diferencia entre los que ya han llegado y los que están en el sendero es pequeña e insignificante. Unos van un poco más adelante que otros. Hay que mantenerse siempre alerta, porque a veces, los que parecen ir más adelantados pierden el paso, tropiezan y se colocan otra vez al principio del camino. Por lo que es de sabios hacer algo tan simple como elegir levantarse otra vez, limpiarse el polvo y el barro, y continuar hacía tu destino.

19

APRENDIENDO A LUCHAR

Tras otra semana para recuperarse físicamente, y bajo los cuidados atentos de los sabios médicos, Gaizuki ya estaba repuesto para comenzar. Su cuerpo era aún joven, aunque su alma ya rezumaba las esencias de la edad.

A partir de ese momento, olvidó quien era. Su pasado murió y su futuro no le importaba, para él tan solo el momento presente existía.

Comenzaron las interminables horas de duro entrenamiento. Justo antes del amanecer se levantaba de su tatami cochambroso y saludaba a sus antepasados, que siempre le devolvían una sonrisa alentadora. Eso le alegraba porque su compañía le daba las fuerzas que necesitaba. Instantes después desayunaba frugalmente y comenzaba su instrucción marcial.

Hashimoto le empuja continuamente hasta el borde de sus límites. Pero luego se da cuenta que siempre puede llegar más allá. Se convirtió en un experto luchador que manejaba todo tipo de armas. Para él el arco no tenía secretos, y su katana lo convirtió en un asesino mortal.

Un día su maestro le dijo:
—Tu katana ha de ser una mera prolongación de tu mano. Allá donde se mueva tu muñeca, la espada ha de seguirla. Ella ha de ser parte de ti, como si fuera la continuación de tu mirada. Si tus ojos llegan hasta el horizonte, allí estará apuntando tu espada. El

guerrero que frente a ti se sitúe no ha de poder distinguir entre tu cuerpo y tu mortal estocada. Tenéis que convertiros en un solo ser, un solo cuerpo, en una sola alma. Para ello has de conversar cada día con ella.

—Durante mucho tiempo no te responderá y creerás que te estás volviendo loco, pero poco a poco con el tiempo y con el duro entrenamiento, un día comenzarás a escuchar un leve susurro que sale de tu espada. Al principio será muy leve y creerás que es el sonido del viento que silba contra la hoja al zigzaguear. Aun así continúa con tu conversación.

—Tu katana tan solo está comprobando tu templanza y tu valor. Y cuando ella sienta que no es tu mano ni tu mente, ni siquiera tus ojos quienes la están blandiendo, sino tu Hara, tu abdomen, tu verdadero centro de poder, sabrá que ya estás listo para escucharla. En ese instante os volveréis un solo elemento y no existirá ya guerrero capaz de vencerte.

—Hasta el momento nunca ha existido ningún guerrero sobre la faz de la tierra que haya conseguido lograr esto, es algo solo reservado para los dioses. Esta historia te la cuento para que al menos intentes lograr la perfección más absoluta en el dominio de tu espada. Eso salvará tu vida, y quizás la mía también. Recuerda Gaizuki, tan solo cuando sea tu Hara, tu centro, quien dirija tu katana, comprenderás su alma, y juntos seréis invencibles.

Cada día blande la katana y al hacerlo trata de unirse al espíritu de la espada, porque sabe que haciéndolo también será capaz de conectar con el de su propio padre que había forjado su poderosa y bella hoja mortal.

Pasaron muchos años y Gaizuki ya se había convertido en un hombre. Bajo el mandato de su daimyo feudal Kenzaburo y con la protección de su maestro Hashimoto, libraron muchas batallas y en todas a sus enemigos vencieron. A veces las luchas eran para defenderse y otras para expandir, el ya de por si extenso territorio de Kenzaburo

En todas luchaban codo con codo, se defendían las espaldas y la fama de Gaizuki como guerrero inexpugnable comenzó a crecer por todo el país. Aunque a él todo eso poco le importaba ya que todavía no había conseguido escuchar los susurros de su katana.

Incluso en tiempos de guerra él continuaba ensayando sin cesar. Día tras día, con lluvia o sol, en estados violentos, o en momentos de paz, el seguía obsesionado con escuchar a su espada susurrar.

De su maestro aprendió a camuflarse en la espesura para no ser descubierto por el enemigo y a conocer el significado de las plantas y sus aplicaciones para curar las heridas o para matar con el más potente de los venenos. Él y su caballo eran como el viento y nunca utilizaba silla de montar porque el contacto de su piel con la de su corcel les ayudaba a ambos a entenderse mejor. Practicó con todos sus instructores venidos de todas las partes del país las más diversas artes marciales.

Al principio se destrozaba los nudillos cuando golpeaba la gruesa madera con sus puños. Las astillas se clavaban en su piel y el roce con la superficie rugosa, provocaban enormes dolores en sus manos. Pero él sigue golpeando sin cesar.

Cierto día Hashimoto, viendo como a pesar de sus esfuerzos, la viga de madera seguía intacta y los puños de su pupilo casi destrozados, le insinuó:

—Has de aprender a pegar no con los puños, sino con el abdomen. Tus manos no son sino extensiones de la fuerza que en tus entrañas escondes. Por eso para un samurái, el grito que lanza en el ataque, es casi más mortífero que su propia katana, porque de ahí es de donde sale la fuerza más salvaje que el ser humano conoce. Todos tus golpes, toda tu furia, y todas tus fuerzas están localizadas en tu abdomen. Por ello cuando practicamos el Hara Kiri o suicidio ritual, nos clavamos la espada corta en esa zona porque una vez perforada esa parte del cuerpo la muerte es segura. Así pues, esa es la zona que siempre has de proteger con más atención.

Gaizuki que todo lo absorbía como si fuera una esponja, comenzó a trabajar la fuerza del grito que provenía de su Hara. Mientras lo hacía, seguía golpeando la viga de madera. Así continuó durante meses sin parar hasta que un día dejó de golpear a la viga que tenía frente a sí.

Durante unas semanas tan solo se dedica a acariciarla y a estudiar las fuerzas del oponente al que se enfrenta. Comprueba su textura, respira su olor, siente la vida fluir por dentro de la viga. Y cuando se alejaba de ella, seguía practicando en solitario el grito de la vida, el grito de la muerte que tan solo los más expertos samuráis eran capaces de dominar tras largos años de experiencia y aprendizaje.

Finalmente un día como otro cualquiera, se colocó frente al madero, inclinó la cabeza frente a él como si a despedirse fuera, cogió algo de aire, cerró sus puños de acero, exhaló el grito sagrado como si la vida le fuera en ello y golpeó el centro de la viga con toda su potencia y su fuerza. Finalmente tras años de paciencia, de trabajo diario y de voluntad superlativa, la madera se partió en dos ante el asombro de todos cuantos allí se encontraban.

Dentro de la ciudadela corrió la voz de que Gaizuki había logrado partir el madero con un solo golpe certero y muchos fueron los que se acercaron a él para alabarle y adularle pero él volvió solo a su solitaria choza.

Un guerrero nunca se vanagloria de haber derrotado a su enemigo. Muy al contrario agradece con sinceridad que gracias a su sacrificio, el vencedor ha conseguido alcanzar un poco más el nivel de perfección deseada.

El no entendía como los demás pensaban que había sido un solo golpe el que había quebrado la viga de madera. Sabía que era el último impacto el que la había partido, pero que antes de eso habían sido necesarios años de esfuerzo y miles de golpes atizados a diario para poder llegar al momento definitivo. Gaizuki, sólo en su choza, no entiende como la gente puede ser tan necia.

Seguían las batallas y las guerras. Seguían las muertes, el olor de la sangre y los gritos de agonía. Gaizuki ya era para entonces el samurái más afamado y temido de todo el país. Su destreza, fortaleza, compasión y sentido de la justicia eran tan grandes que muchos guerreros se rendían ante él sin necesidad de que la batalla comenzara. Su maestro le había dicho una vez:

—¡El mejor guerrero es aquel que vence sin necesidad de luchar!

Pero cuando se retiraba a descansar, su humilde choza se llenaba de fantasmas, de demonios y de recuerdos que no podía olvidar. Las caras de todos aquellos a los que había asesinado volvían a su mente sin parar. Por eso apenas descansaba y para él conseguir escuchar el mensaje de su katana se había vuelto algo vital. Así que aún en medio de la noche, él continuaba entrenando y luchando contra esos seres invisibles en una guerra que nunca podría ganar. Gaizuki se había vuelto loco y muchos pensaban que tan solo su propia muerte lo podría algún día liberar.

El gran samurái no había perdido la cabeza, tan solo había olvidado quien era. Por eso creía que si lograba escuchar a su katana ésta le ayudaría a recordarlo. Por ello, se convirtió en una obsesión para él. Jamás se separaba de ella y en los momentos de descanso la acariciaba y la limpiaba una y otra vez. Sabía que había algo en ella que le enseñaría a descubrir quién era.

Desde que tomó la decisión de continuar el Camino del Guerrero, había cortado los lazos de su pasado, y cuando hacemos eso, solemos olvidar de dónde venimos. Nuestro pasado nos marca el presente, así como el presente marca nuestro futuro. Por eso la diferencia entre soltar el pasado, dejarlo marchar y olvidarlo por completo es notable. Por ese motivo, tanto para los grandes señores feudales, como para los guerreros y los campesinos era tan importante recordar a sus ancestros. En eso todos se hermanaban como si fueran iguales, porque recordar les ayudaba a saber de dónde venían. Y a todos, esto les enseñaba el valor del recuerdo y del agradecimiento.

Gaizuki cometió el error de no recordar las palabras que su padre le había dicho en la forja. Al convertirse en samurái vendió su alma a los demonios del olvido. Por eso su mirada estaba vacía y su corazón anquilosado. Y por ello estaba convencido de que si algún día era capaz de volver a escuchar a su katana, esta le enseñaría como recordar su pasado y como retornar a casa. Mientras tanto, perdido como estaba, no lograba encontrar el sentido a su vida.

20

RECUERDOS PASADOS

Mirando fotos antiguas, de viajes pasados, David se topa con una en la que él y Andrea estaban en Francia. Fue un viaje precioso en el que ambos volvieron a reencontrarse tras un periodo oscuro.

Ese viaje significaba mucho para ambos porque era el primero que hacían en solitario. Antes había ido a muchos lugares, pero siempre en compañía de amigos, por lo que esta vez era como su primera escapada a solas.

Fue él quien lo había organizado, por lo que hasta llegar al aeropuerto ella no sabía realmente donde irían. David tan solo le había indicado que era un lugar de Europa con clima parecido al de España. Para él era un viaje muy especial ya que antes nunca había preparado una salida por sí mismo, siempre dejaba que fueran otros quienes lo planearan. Por lo tanto todo era alegría, ilusión y esperanza.

Cuando llegaron al aeropuerto y por fin Andrea vio el destino de su aventura, no pudo evitar sonreír, y agradecido le dio a David un beso tierno en los labios y un abrazo de esos que a él tanto le gustaban. Luego, mientras ella facturaba el equipaje, él pensaba que le encantaría compartir el resto de su vida con ella. Pero por miedo no tuvo el valor de decírselo. No quería que ella supiera lo vulnerable que a su lado se sentía.

Cogieron por fin el avión a su destino, y en el despegue los dos se agarraron de la mano con el deseo de disfrutar juntos cada paso, cada instante y cada momento del camino.

El fin de semana fue perfecto. El lugar, precioso, y aunque les llovió la primera tarde, el resto de los días relucía el sol en el cielo. Se perdieron por los recovecos de la gran urbe francesa. Para ambos, era más importante mezclarse con las personas oriundas del lugar que visitar los innumerables monumentos que se esparcían por la ciudad. De vez en cuando, de mutuo acuerdo, entraban en algún lugar que a los dos les gustaba, aunque lo mejor era estar juntos, pasear por las callejuelas olvidadas y disfrutar de los olores, las vistas y los colores que decoraban las populosas aceras, comercios e iglesias de aquel bullicioso lugar.

A la hora de comer tomaban cualquier cosa rápida y ligera para continuar con su deambular. Andrea se reía porque a pesar de las verdaderas obras de arte que jalonaban la ciudad, a David lo que más le entusiasmaban eran las tiendas de helados con sus mil sabores diferentes. Parecía un niño pequeño, porque al mirar los diferentes expositores, se ponía nervioso, la cara se le iluminaba e incluso daba pequeños saltitos sin saber muy bien por cual sabor optar. David la mira de perfil, y al sentirse junto a ella tan solo la quiere amar.

Luego llega la noche, y tras una cena a base de pescado, carne, un exquisito vino español y unos postres compartidos, ambos aterrizan exhaustos y agotados a la habitación del hotel donde se hospedan. Ahí es cuando tras ducharse y lavarse los dientes, el juego del amor comienza. La danza eterna de dos cuerpos fundidos en uno. Besos, caricias, abrazos, movimientos al unísono de dos personas que por unos instantes mágicos olvidan quienes son y se mezclan con la eternidad. Miradas, susurros, palabras mágicas e inolvidables que lanzan al universo un mensaje no escrito que todo lo impregna. Horas, minutos, segundos interminables de locura y pasión donde tan solo importa el presente y la lúcida locura de aquellos que sin temor y sin barreras deciden amarse. Y por fin, llega el momento final en que los dos seres, mutados ya en uno solo intercambian sus energías de tal manera, que ni la explosión de mil galaxias lejanas puede si quiera imitarlas.

Luego llega el descanso, el reposo de ambos guerreros tras una lucha en el que lo único que vence es la pasión. Tiernas caricias, besos inmaculados de dos seres que han logrado comprender, aunque solo sea por unos momentos, el verdadero significado del amor. Manos que acarician pieles y que finalmente se duermen abrazados hasta que el nuevo deseo de fundirse en un solo ser retorne a sus corazones y a sus cuerpos desnudos y todavía calientes por el contacto, por las caricias mutuas y por el placer.

Al día siguiente David se despierta antes que Andrea, absorto, y metido aún en la cama, la observa en silencio. El sol francés ya está alto en el firmamento y tras las cortinas unos tímidos rayos contornean la figura todavía dormida de Andrea. Su semblante está tranquilo, su cuerpo relajado, y una leve sonrisa se dibuja en sus labios como haciendo entender que tiene un sueño plácido y sereno. Él la sigue mirando, y se pierde entre sus pensamientos. —El despertar junto a la persona amada es otra forma de hacer el amor, aunque no haya contacto —piensa David. Tras unos instantes ella despierta, abre sus enormes y azules y expresivos ojos de gata. Sonríe y tras estirarse un rato, le abraza con ternura y besa con cariño sus labios carnosos, que también esbozan una suave mueca al húmedo y suave contacto.

Desayunan tranquilamente en el hotel y luego salen a compartir nuevos momentos, nuevas risas y nuevos pactos, entremezclándose otra vez con todas aquellas personas que deambulan como ellos por las calles y avenidas de la hermosa ciudad. Por la tarde vuelven al aeropuerto y antes de coger el avión de vuelta a casa, ambos se miran fijamente y se prometen que aunque este ha sido el primer viaje que hacen solos, otros muchos habrán de llegar.

David sigue mirando la foto, que en sus manos temblorosas sujeta, y siente las dolorosas punzadas del pasado clavándose en su alma. Es consciente de que ya no están juntos, pero aun chocándose de bruces con la realidad no sabe muy bien como soltar y como continuar.

Muchas veces el pasado vuelve a nosotros una y otra vez hasta que logramos aprender aquella lección que tiene que enseñarnos. Intentamos zafarnos de sus incesantes llamadas, nos llenamos de cosas, de proyectos, de gente, de trabajo, de quehaceres cotidianos, de ocio, pero tarde o temprano, eso que no ha sido solucionado continúa llamando a nuestra puerta sin cesar. Nuestro pasado es paciente y no tiene prisa, es algo que ya ha sucedido y por lo tanto está exento de las incertidumbres y de los agobios que el futuro acarrea. Por eso, lento, pausado y mudo, sigue esperando a que le dejemos entrar para que haga su trabajo y nos enseñe nuestro camino, para que una vez comenzado a andar lo dejemos marchar.

Cuando seguimos evitándolo, tarde o temprano acaba volviendo a nuestra vida para enfrentarnos a todo aquello que en su día debimos solucionar, porque es la única manera de seguir adelante, de avanzar, para que así en nuestro viaje por la vida, la mochila que a cuestas todos llevamos sea ligera, y nos facilite el caminar.

Cuidadosamente vuelve a meter la foto de la aventura pasada en el álbum de fotos y tras cerrarlo echa a llorar. Cada lágrima le limpia el alma, pero el dolor es tan grande que no lo puede soltar. Él es valiente, no olvida que también es un guerrero, pero también reconoce que en estos momentos de luto y duelo permanece en el suelo herido y tumbado. A día de hoy ha perdido la batalla, aunque su fortaleza le ayudará a continuar. Pero eso quizás suceda mañana, porque hoy tan solo se siente tambalear.

21

EL CÍRCULO

—¡Ven ahora mismo conmigo y coge tu katana! —vocifera con el rostro arrugado Hashimoto a su discípulo.

—¿Por qué estás siempre enfadado? —pregunta Gaizuki.

—No es enfado, es preocupación —responde el sensei suavizando el gesto y bajando la voz—. Conozco a nuestro señor e intuyo que algo está tramando, por ello quiero enseñarte tu última lección. Mucho has aprendido y ya no existe prácticamente ningún rival capaz de vencerte en combate. No obstante te falta una última cosa por aprender y serás invencible.

—¿Qué es? Creía haberlo aprendido todo —insiste el aprendiz.

Hashimoto le mira con una mezcla de crudeza y compasión. Ya es un samurái veterano y sabe por propia experiencia, que la falta de humildad es algo tan peligroso como un enorme agujero en el escudo de un guerrero. Aun así, sin responder a su pregunta, ordena tajantemente: — ¡Coge tu caballo y tu katana, deja de hacer preguntas estúpidas y sígueme!

En mitad de la noche ambos jinetes salen al galope del palacio. Tan solo uno de ellos sabe a dónde se dirigen. Es luna nueva y la oscuridad es total. Gaizuki sabe que esto también es parte de su adiestramiento ya que un samurái ha de saber orientarse sin luz y sortear con habilidad y rapidez cualquier obstáculo que se presente frente a él. Se concentra en escuchar las pisadas de la montura de

Hashimoto y así él también puede guiar a su caballo por el mismo sendero sin perderse.

Tras toda la noche cabalgando sin parar se encuentran con una playa desierta. Justo a su llegada, el sol comienza a desperezarse por el Este, y sus rayos divinos tintan todo el horizonte de un color de sangre. El espectáculo es estremecedor y Gaizuki recuerda con orgullo la prueba que le convirtió en un hombre con tan solo nueve años al conseguir escalar con éxito el acantilado rojo de su aldea natal.

—¡Desmonta! —ordena Hashimoto.

El grito, rudo y ensordecedor, devuelve a Gaizuki al presente. Acostumbrado a recibir órdenes en un breve instante se encuentra con los pies en la arena. De inmediato presiente el ataque, y con la velocidad de un rayo y la fuerza de un tigre agazapado, desenvaina su katana y detiene el rápido envite de Hashimoto. El brutal sonido de las dos espadas al chocar es tamizado por el eterno canto del mar y por el agudo chillido de las gaviotas.

El combate dura horas. Las fuerzas están igualadas. Ambos guerreros sudan y jadean profusamente, pero ninguno de los dos se permite abandonar. Finalmente Hashimoto da unos pasos hacia atrás mira fijamente a su oponente y envaina su espada.

Sin tiempo para tomar aliento vuelve a ordenar vehementemente

—¡Haz un círculo con tu katana en la arena, ahora hazlo ya!

Gaizuki no comprende. Agotado como está tras el combate su cerebro no procesa la orden con agilidad.

Hashimoto grita aún más fuerte: — ¿No me oyes? Haz un círculo con tu katana en la arena.

Ahora sí que su cuerpo reacciona de inmediato y traza un círculo perfecto a su alrededor. Al verlo su maestro suaviza su semblante, relaja la tensión de su cuerpo y por fin, tras casi dos días de enfado, una leve sonrisa comienza a dibujarse en la comisura de sus labios. Gaizuki por su parte no entiende nada pero sonríe también.

—¿Sabes? —comienza Hashimoto a hablar— En un país lejano, otro señor feudal preguntó a un artista que le demostrara su maestría para así contratarle a su servicio. El artista se limitó a pedir un trozo de pergamino, una pluma y tinta. Cuando se lo trajeron dibujó de un solo trazo un círculo perfecto. Con esto el señor feudal comprendió que se encontraba ante un verdadero maestro.

—Hoy tú has hecho lo mismo. Primero te he llevado a través de la oscuridad, después te he desorientado, insultado, atacado, ofendido, gritado, humillado, agotado, y tras todo esto te he pedido que dibujaras un círculo con tu katana en la arena de la playa, y lo has trazado a la perfección. Eso significa que a pesar de todas las distracciones externas que has sufrido no has perdido tu centro. Por este motivo acabas de convertirte en un sensei, en un maestro, porque un sensei es alguien que no se altera ni pierde su estabilidad por muchas cosas o sucesos externos que le ocurran.

—Si consigues mantenerte enfocado, ningún guerrero podrá herirte o vencerte, porque serás tú el que controle tu círculo y por lo tanto no podrán penetrar en él y estarás a salvo. Si por el contrario pierdes tu serenidad incluso en medio del combate, tu círculo personal se romperá y tus enemigos podrán acabar contigo porque habrás perdido tu poder interno.

—Eso es algo que les pasa a la mayoría de las personas —continuó—. Olvidan su centro, su escudo en forma circular se debilita y son heridos por las circunstancias y por las personas. Se empeñan en intentar reparar la parte externa de su círculo personal y no se dan cuenta de que al hacerlo descuidan otras partes del mismo y así las heridas y los agujeros son cada vez mayores. La única forma de repararlo es volviendo al centro, porque desde ese lugar es donde se adquiere la perspectiva necesaria para reparar los desperfectos que a veces ocurren debido a los ataques y a las circunstancias externas. Ese viaje es necesario hacerlo una y otra vez hasta lograr perfeccionar la técnica, porque inevitablemente la mayoría de lo que nos sucede en nuestras vidas escapa a nuestro control. Por ello tan solo nos queda la solución de repararnos desde el centro de nuestro círculo personal.

—Tan solo has de tener cuidado con una cosa. Ten siempre presente que eres tú quien abre y cierra tu propio círculo protector. Eso significa que si permaneces centrado evitarás que aquello que te haga daño te alcance, pero al mismo tiempo permitirás que el amor llegue hasta ti para quedarse contigo. Muchas personas cierran su círculo permanentemente para evitar ser heridas, pero debido a que el miedo gobierna sus vidas también lo cierran al amor. Y al final la barrera que se han interpuesto es tan fuerte y profunda, que ya no saben cómo salir de ahí. Y una vez más, eso sucede porque no saben cómo volver a su propio centro.

—Si recuerdas todo esto te habrás convertido en maestro de ti mismo. Gaizuki, por mi parte tu instrucción se ha completado. A lo largo de estos años te he enseñado todo lo que sabía y he de reconocer con humildad que me has superado con creces. Te has convertido en el mejor samurái que jamás haya existido. A partir de ahora ya no soy tu sensei, tu maestro. Nos hemos convertido en hermanos. Ya puedes salir del círculo, pero recuerda volver a él cada vez que lo necesites, te ayudará a encontrar tu propia paz.

Una ola de orgullo y alegría recorre el cuerpo de ambos guerreros y hermanos al cruzar Gaizuki la línea circular que había trazado y que lo separaba del resto de la playa. Algo había cambiado en ambos hombres para siempre.

Al cabo de una hora los dos permanecían sentados junto a la orilla y observaban atentamente como el mar, en su crecida diaria, engullía hacia sus profundidades, mansa y fluidamente, el círculo dibujado en la arena. En ese baile permanente, ondular e infinito del océano comprendieron que todo lo que ha sido creado por el hombre para dividir y separar acaba siempre siendo devorado y olvidado por el tiempo y la eternidad.

22

ORGULLO Y CEGUERA

Gaizuki siente una incontrolable rabia interna. Cada vez que entra en combate, su furia le lleva a convertirse en una terrible arma de matar. No es que sea más valiente ni más fiero que sus adversarios, pero lucha con la fuerza de aquel que no teme morir. De hecho, ya ni siquiera se pone la armadura para luchar. Esto, en vez de hacerle más vulnerable, hace que sus ataques y sus movimientos sean más rápidos y mortíferos por lo que ningún enemigo puede vencerle. Busca a alguien que sea capaz de luchar dignamente contra él, pero cada vez que mira a los ojos de sus oponentes, siente el miedo de sus adversarios y reconoce que ante él nada pueden hacer.

Luego tras la batalla él honra sus muertes, y a todos ellos les envidia internamente porque han conseguido morir con honor y con suerte. Él continúa un día más con vida, y eso para él es su desdicha más grande, porque aunque vivo, se siente más muerto que aquellos hombres a los que hoy ha quitado la vida. Aun así, siente felicidad por aquellos que se fueron hoy porque ya han logrado cumplir con su destino.

En la tienda del señor feudal, Kenzaburo y Hashimoto mantienen una tensa conversación:

—Llevamos años batallando y los soldados comienzan a estar agotados — comenta Hashimoto en tono grave.

—Para eso se les paga, además, yo soy su daimyo y me deben

obediencia hasta la muerte — responde Kenzaburo visiblemente enfadado.

—Es cierto, pero eso no significa que no necesiten descansar. Además, nuestro enemigo nos aventaja en tropas y tiene más arqueros que nosotros. Por este motivo le aconsejo, mi señor, que nos retiremos cuanto antes para poder recomponernos, reclutar más arqueros y tener una posibilidad de victoria—.

Kenzaburo observa con el rostro severo la poderosa figura de Hashimoto, su mejor general y el maestro de Gaizuki. Durante muchos años han batallado juntos sin cesar y le considera un hombre fiel y valiente. Sabe que los consejos que acaba de recibir son certeros, pero él es el daimyo, el señor feudal, y su deber para con los suyos es continuar siempre peleando y conquistando nuevas tierras y riquezas para su clan. Además de esto tiene un odio visceral hacia Nagano, su eterno rival. Aquel que un día asesinó a su padre y le robó su infancia y su pubertad. Llevan años luchando y ninguno de los dos consigue ganar pero el orgullo de ambos no les permite claudicar.

Kenzaburo sabe que si sigue esta vez en la batalla puede perderlo todo, pero por otra parte es posible que muera en la lucha y por fin logrará alcanzar su tan ansiada libertad. Por ello, a pesar de saber que Hashimoto tiene razón, mirándole por una última vez responde:

—¡Prepara las tropas! Al amanecer atacaremos y borraremos a Nagano y a su ejército de la faz de la tierra para siempre. Como en otras ocasiones, ya sabes que tu misión es proteger con tu vida la de Gaizuki, así que no te separes nunca de él, debe permanecer vivo porque algún día me liberará y ocupará mi lugar—.

Hashimoto suspira y mira con tristeza el horizonte. Sabe que son el orgullo, el odio y la ceguera espiritual quienes han tomado esta decisión. Mañana muchos buenos hombres morirán en una lucha sin sentido y a todas luces, sin posibilidades de ganar. Lamenta que sean hombres como Kenzaburo quienes forjan los destinos de tantos buenos guerreros, pero sabe también que para ellos morir combatiendo es el mayor honor al que puedan aspirar. Por ello acepta la orden de su daimyo, de su señor, y se prepara

para su último despertar. Sabe que mañana morirá, y aunque todo guerrero intuye que ese es su destino, partir sin gloria le causa un gran pesar.

A la mañana siguiente, Kenzaburo y sus cinco mil hombres parten de madrugada hacia su último combate. Todos saben que a menos que puedan sorprender a Nagano desprevenido serán aniquilados. Las tropas enemigas son más numerosas y sus arqueros más certeros y entrenados. Ante ellos los samuráis poco pueden hacer a no ser que tengan la oportunidad de acercarse para poder luchar cuerpo a cuerpo, hermano junto a hermano. Gaizuki está entre los cinco mil samuráis suicidas. Todos están contentos de tenerle entre sus filas porque saben que es el mejor. Él también parte feliz, sabe que va hacia una muerte segura, y por fin tras esta jornada de lucha podrá descansar junto a todos aquellos a los que asesinó.

Nadie habla, casi ni respiran. Tan solo el sonido de sus pisadas delata su presencia y su caminar hacia la muerte. Hasta los caballos han sido adiestrados de tal forma que ni siquiera ellos se permiten relinchar. Están junto a un río y una densa niebla les protege de los espías. Los cinco mil hombres son samuráis experimentados, han sido bien entrenados y caminan a una, como si de tan solo un hombre se tratara. Nadie podría imaginar que son tantos. Cinco mil cuerpos y una sola alma, amaestrada para matar.

La larga serpiente de muerte se acerca inexorablemente hacia el campamento de Nagano, el enemigo. Hay algo menos de niebla pero el olor a sangre, a miedo, y a rabia, ya se empieza a notar en el ambiente. Cuerpos tensos, manos agarrotadas que fuertemente sujetan y acarician sus espadas con la seguridad de que al final del día todos descansarán por fin, tras una dura batalla. Son los samuráis, los más temibles guerreros que hayan nunca pisado la tierra, y todos se encaminan felices hacia una muerte honorable y hacia el punto de partida para una nueva vida.

La comitiva mortal sigue avanzando, lenta pero inexorablemente, hacia su destino. Ya está casi amaneciendo y han llegado a una explanada muy cercana al campamento del enemigo. Todo sigue en silencio, pero es un silencio atronador porque está cargado de sueños, de miedos, de penurias y tristezas. No hay sonido alguno en el aire, y precisamente por ello el ambiente es tan denso que ni siquiera la noche es capaz de ocultarlo. Es el momento previo al ataque definitivo.

Los rastreadores ya han regresado e informan a sus generales de la situación del campamento de Nagano. Todo parece calmado, y es justamente esa calma la que eriza el vello de los hombres, hace caer las gotas de frío sudor por sus frentes y provoca temblores incontrolables en sus cuerpos. Esa suave calma se llama miedo.

Los hombres de Kenzaburo se han divido en tres flancos diferentes. De esta forma atacarán por tres zonas, provocarán la confusión en las tropas enemigas y tendrán más posibilidades de luchar cuerpo a cuerpo. Los tres destacamentos están ocultos tras las colinas que protegen a Nagano. Esperan a que el sol comience a despertar para lanzar su ataque mortal.

Mientras aguardan al instante indicado es el momento de las despedidas. Hermanos que juntos han luchado durante años se marcharán para siempre, para volver a encontrarse en algún lugar de la eternidad junto a sus ancestros. Nadie habla para no delatar su presencia. Tan solo miradas cómplices, gestos y muecas de risas torcidas, lágrimas derramadas y suspiros callados, para decir sin palabras todas aquellas historias compartidas. Son hermanos samuráis, leyendas vivas de tradiciones casi olvidadas, y al alba, juntos lucharán hasta la muerte con las sonrisas en los labios y las vidas sesgadas. Tan solo los verdaderos guerreros pueden comprender que hay algo más grande y más fuerte que ellos que a todos une. Una hermandad interminable que traspasa el tiempo, las civilizaciones y las fronteras. Y hoy, una vez más, todos acuden felices a cumplir con su destino. Corazones y almas hermanadas para siempre y el orgullo de sentirse parte de una historia trazada por seres invisibles que un día, hace eones, marcaron sus caminos.

El sol comienza a desperezarse con un bostezo rojizo que despunta por el este tras las montañas todavía sombrías. Es la hora de la muerte, la hora del dolor, del sacrificio y de la gloria. Por última vez los hermanos guerreros se abrazan, se saludan y se despiden. Bellos instantes fugaces que se graban para siempre en sus mentes. Luego todos vuelven al presente, miran a sus generales, esperando la orden para atacar y tornarse valientes. El astro rey ya ha volado suficiente, y ya más elevado, muestra orgulloso su esfera anaranjada e incandescente.

Es el momento. Los samuráis acarician primero y luego sujetan sus katanas fuertemente con sus manos de acero caliente, y todos a una, regurgitando de sus abdómenes tensos, y sus gargantas afinadas, rugen como indomables leones el grito de guerra sagrado. Al hacerlo saltan como felinos enjaulados a las cumbres onduladas de las colinas protectoras. Cinco mil samuráis encaramados en las cimas, katana en mano gritando una aterradora melodía de muerte, mientras el sol refleja con sus rayos en el valle, los filos de miles de mortíferas espadas al viento ondeando. Hermanos en vida y en muerte, y todos ellos cumpliendo a la vez la misma suerte.

Algo extraño sucede, en cuestión de segundos el brillo del sol desaparece del horizonte y el explosivo sonido del grito de guerra de los samuráis muere tamizado por los susurros del viento. Todos los hombres miran al firmamento y comprenden al instante la razón de tan siniestro momento. Miles de flechas cruzando a la vez el espacio, que en silencio acuden veloces y mortales a su encuentro. Los guerreros totalmente expuestos en las colinas saben que ya solo les queda esperar el final de su tiempo. El enemigo les estaba aguardando. Alguien les ha traicionado, y los arqueros contrarios apostados en el valle, esperaban pacientes el encuentro.

Flechas que como el futuro acaban siempre llegando a su objetivo. Tras el primer lanzamiento muchos samuráis caen muertos. Las saetas mortales se clavan en el cuello, en las sienes, en los corazones y en los pulmones de los atacantes. Otras se introducen vilmente entre las piernas, los brazos y los pies de los menos afortunados, porque ellos ya no podrán morir con gloria. Probablemente muchos queden tullidos para siempre y habrán de vivir muertos en vida, porque para un samurái sobrevivir sin honor, es más trágico que la peor de las muertes. Afortunadamente están bien entrenados y tras la primera ráfaga la mayoría de ellos se ocultan otra vez velozmente tras las laderas de las colinas y a refugio de las flechas traidoras. Las bajas son cuantiosas, pero se alegran por sus hermanos caídos, saben que esta noche brindarán por ellos desde otro lugar de la existencia.

Gaizuki, Hashimoto y Kenzaburo se encuentran en el flanco

derecho. Las flechas enemigas siguen silbando interminablemente por encima de sus cabezas. La situación es desesperada. No pueden continuar su ataque y solo les queda la opción de retirarse para no sufrir más bajas. Kenzaburo está cegado por el odio y ordena una segunda embestida.

—¡Es una locura! — grita Hashimoto desesperado—¡Nos van a aniquilar!

Kenzaburo no escucha, da la orden de atacar a sus hombres y todos salen otra vez como jaurías de lobos feroces hacia su presa. El resultado es el mismo, cientos de hombres eliminados por las saetas enemigas. Y en el bando contrario ni una sola baja. Vuelven tras las colinas y Kenzaburo está fuera de sí. Ha perdido el control y en su mirada se revela un atisbo de locura en sus ojos enrojecidos por la ira .Hashimoto conoce esa mueca. Sabe que su daimyo está poseído por el orgullo y está cegado por el miedo. Por eso, como en otras ocasiones, él como el general de mayor rango que es, toma el control de la situación y ordena la retirada absoluta para que las flechas enemigas no puedan alcanzarles. Los samuráis obedecen al instante sus órdenes. Para ellos morir de esa forma no conlleva honor, por lo que disciplinadamente abandonan sus puestos y se reagrupan lejos del peligro.

El valiente general ha luchado en muchas batallas, siempre ha sido honorable y por ello tanto sus propias tropas como sus enemigos le respetan. Pertenece a esa estirpe de hombres que con su sola presencia inundan el lugar en el que se encuentran. Por ello cuando en el segundo ataque una flecha traspasa su hombro derecho, él parte por la mitad el trozo sobrante que no se ha clavado en su cuerpo. De esta manera, nadie, ni siquiera Gaizuki se da cuenta del suceso. Hashimoto sigue dando órdenes de retirada con su porte majestuoso mientras unas gotas de sangre comienzan a resbalar tímida y fluidamente por su reluciente y roja armadura.

23

HARA KIRI

Vuelven al campamento base derrotados y vencidos. Nunca antes habían perdido una batalla de tal forma. Casi dos mil bajas por ninguna en el otro bando. Ni siquiera han tenido la oportunidad de luchar frente a frente contra sus contrincantes. Perder o ser derrotados forma parte del arte de la guerra, pero la traición es algo que supera el código Bushido, el código del honor. Por eso los supervivientes lloran desconsoladamente por la muerte en vano de sus hermanos de lucha.

La noticia de la locura de Kenzaburo ha corrido rápidamente por entre las filas de soldados. Sienten una irrefrenable furia contenida. Son samuráis, juraron obediencia eterna a su señor, y ahora este se ha vuelto loco enviando a sus mejores hombres a una muerte segura. Aun así, su estricto código militar les impide traicionar a su daimyo, a su señor y a ellos mismos. Ni siquiera pueden retornar a recoger los cuerpos de sus compañeros caídos porque las flechas enemigas acabarían también con sus vidas.

En apenas unos breves instantes han pasado de la alegría de poder experimentar una muerte gloriosa en combate, a la deshonra de ser abatidos por miles de saetas infernales sin ni siquiera poder acercarse a sus enemigos.

Para ellos, lo sucedido es más doloroso que la muerte y claman venganza. La traición es algo que ningún samurái puede imaginar. No entra en su código, no saben cómo hacerlo. Traición es la palabra prohibida y aquel que lo cometa estará condenado para siempre a los abismos del olvido. En el código Bushido todos los guerreros buscan ser recordados por sus hazañas, por la nobleza de sus actos y por la pureza de sus intenciones. Por eso la derrota de hoy no es solo una batalla perdida. Haber sido traicionados es algo que nunca antes había sucedido. El código se ha roto y los supervivientes tienen la sensación de que una época de su historia ha terminado e internamente sienten el miedo de perder el sentido a sus vidas.

A veces el orden establecido de las cosas cambia súbitamente por un hecho aislado, y para muchos hombres, aunque sean fieros guerreros curtidos en mil peleas, el temor a lo desconocido les atemoriza aún más que las afiladas katanas de sus enemigos y que la propia muerte.

Mientras tanto Hashimoto lentamente se desangra. Gaizuki se percata de que algo no va bien en su maestro porque éste cae al suelo de bruces, y al intentar levantarse, ve el reguero de sangre limpia, fresca, rojiza y cálida que lenta y pausadamente se desliza por la armadura de su mentor.

Inmediatamente Gaizuki corre en su ayuda y con un esfuerzo sobrehumano logra alzar el peso muerto del gigante que un día le enseño todo lo que hoy sabe. Los dos hombres se miran por primera vez en toda la jornada. El estudiante pone la mano en el hombro de Hashimoto intentando cortar la hemorragia. Su maestro con aire derrotado le dice:

—No es nada grave, no te preocupes, Gaizuki. La flecha no ha traspasado ninguna zona vital de mi cuerpo pero noto como ha partido en dos el músculo que permite la movilidad total de mi hombro derecho. Se ha insertado en mí de tal forma que cuando intentemos sacarla, cortará en varias partes todas las fibras y tendones que sujetan la articulación. Eso quiere decir que no moriré pero quedaré tullido para el resto de mi vida. Ya no podré volver a blandir nunca más la katana y sabes lo que eso significa.

Gaizuki sabe que para un samurái estar tullido o impedido físicamente es peor que la muerte, porque significa que no podrá morir en combate y que finalizará sus días tumbado en un lecho como la mayoría de los mortales. Y eso es morir sin honor y sin gloria. Y para un guerrero como Hashimoto es el castigo más duro que puede recibir. Por eso ambos hombres vuelven a mirarse a los ojos y ambos comprenden y adivinan por un breve instante el devenir final del viejo samurái.

Todos aquellos hombres que se han comprometido en vida a seguir el camino del guerrero, el código Bushido, saben que ante una derrota deshonrosa el único remedio para morir con honor es practicarse a sí mismos el Seppuku o Hara Kiri, el suicidio ritual. Tan solo de esta forma podrá el guerrero recuperar su honra y descansar junto a sus compañeros caídos en combate. Así su recuerdo permanecerá como una huella imborrable entre los insondables senderos de la vida.

El Hara Kiri consiste en clavarse a sí mismo la espada corta a la altura del abdomen hasta la empuñadura y después girar la hoja hacia la derecha. Eso cortará el flujo de energía del cuerpo y la muerte será ya irremediable. El practicante de tan honorable suicidio se colocará de rodillas, para así tener la fuerza suficiente para girar la espada al introducírsela en el abdomen. Finalmente, una vez que esta acción haya sido acometida, su mejor amigo o su hombre de confianza, que estará de pie junto a él, le cortará la cabeza de un certero tajo para que su sufrimiento sea más corto. De esta manera el samurái morirá definitivamente con honor y su nombre será recordado por toda la eternidad por todos los guerreros de su estirpe.

Antes del sangriento y honorable ritual, estando Hashimoto ya arrodillado con la parte superior de su cuerpo desnuda y con un fino hilo de sangre aun brotando de su hombro, mira a Gaizuki que está de pie junto a él.

Alrededor de las dos figuras, todos los demás guerreros permanecen en círculo con ellos en el centro. Todos portan sus mejores armaduras y los estandartes ondean fluida y mansamente a las órdenes del viento cambiante. Es un momento donde todos reconocen el valor de un hombre dispuesto a practicarse así mismo el más alto sacrificio que puede acometerse. Morir por honor, morir con honor. Por ello, todos permanecen callados con los puños apretados y las mandíbulas en tensión. Todos saben que uno de sus hermanos va a partir por la negligencia de su señor. Con rabia aceptan el destino que les toca vivir y al mismo tiempo desearían que las cosas fueran diferentes. Cada uno ellos aceptaría, sin dudar ni un solo instante, intercambiarse por Hashimoto. Pero ellos están sanos y deben continuar su camino hacia la próxima batalla.

La escena es tan estremecedora, y el silencio es tan profundo, que ni siquiera el sol se atreve a salir del escondite en el que se ha refugiado tras las oscuras nubes.

—¡Para mí has sido algo más grande que mi propio hijo! —, musita entre lágrimas de rabia Hashimoto a Gaizuki.

—Cuando nuestro daimyo y señor Kenzaburo me ordenó hace muchos años, adiestrarte te odié con toda mi alma. Para mí fue como si me hubieras asesinado a traición porque por enseñarte me fue prohibido combatir, y ya sabes lo que ello supone para nosotros. Me propuse destruirte y que olvidaras que tu alma existía. Al principio creí que no aguantarías ni tres meses a mi lado y que pronto huirías y retornarías a tu pequeño poblado. Pero cada golpe que recibías y cada cicatriz que se formaba en tu cuerpo te hacían volverte más fuerte cada día.

—Cuando te metiste en tu choza y fui a buscarte de nuevo, al verte, reconocí el brillo en tus ojos y allí supe al instante que te convertirías en un verdadero samurái y que serías alguien especial.

—A partir de ese momento yo comencé a vivir en ti. Tus logros eran los míos y tus conquistas eran también mías, y según ibas aprendiendo yo me iba haciendo más sabio a tu lado. Tu vida se convirtió en la mía y cada día que pasaba sentía como nuestros destinos se iban entrelazando en una única espiral de existencia. Por ello ahora que parto, sé que seguiré viviendo a través de ti. Y esto me llena de orgullo, de honor y de alegría.

—Gaizuki, comenzaste siendo mi aprendiz y ahora en el momento de mi muerte eres tú quien se ha convertido en mi maestro. A lo largo de estos años me has ayudado a recordar quién soy, y por ello muero feliz. Siempre estaré a tu lado. Te esperaré cabalgando y blandiendo mi katana por los valles de lo desconocido, y cuando te llegue la hora, yo te guiaré a través de los abismos oscuros y las luces engañosas para llegar al lugar donde los verdaderos guerreros descansamos eternamente. No sientas pena por mí, porque he cumplido mi destino, si logras recordar quién eres, tú cumplirás con el tuyo—.

Dicho esto agarra con fuerza la espada corta por la empuñadura, inhala profundamente, cierra los ojos, y con la maestría y la sencillez de alguien acostumbrado a citarse cada día con la muerte, presiona con fuerza la hoja contra su abdomen y luego gira con gracia, fuerza y sutileza la hoja hacia la derecha. Su cuerpo apenas se estremece. Es un verdadero samurái.

Gaizuki observaba toda la escena de pie junto a su maestro, Hashimoto. Las lágrimas brotaban profusamente de sus ojos. Era la segunda vez en su vida adulta que lloraba y esto le impedía ver con claridad el rostro del honorable samurái que arrodillado y ensangrentado a sus pies permanecía.

Pasaron unos breves instantes en los que el tiempo se detuvo eternamente. Gaizuki dudó brevemente y al observar el cuerpo tambaleante de Hashimoto y su mirada blanquecina comprendió que era el momento adecuado. Con la velocidad de un tigre y con la fuerza de un león herido, desenvainó su katana y de un solo y certero golpe cercenó el cuello de su maestro, cuyo enorme y musculoso cuerpo ya sin vida cayó al suelo desplomado.

En ese momento los tres mil guerreros gritaron: — ¡Haiiiii! —al unísono. El grito sagrado de los samuráis. El grito sagrado de aquellos que tienen la valentía de vivir y morir con honor. El sonido fue tan ensordecedor que durante unos instantes la melodía del mundo enmudeció por completo. Un hombre honorable acababa de abandonar esta dimensión y las nubes lloraban ya en forma de gotas de lluvia por la despedida de tan noble luchador.

Poco a poco los guerreros fueron disolviendo el círculo creado alrededor del cuerpo muerto de Hashimoto. Llovía copiosamente y tan solo Gaizuki permanecía junto a él. Su larga y negra melena empapada por la lluvia ocultaba sus lágrimas de tristeza.

Permanecía de pie, apoyado en su afamada espada y sin comprender muy bien las ironías del insondable destino. Pasó allí toda la noche junto al cadáver de su maestro y de su guía. Ahora que él había partido no sabía con certeza que sería de su nueva vida y esto le causaba cierta desazón. En un momento dado le pidió al cuerpo muerto de Hashimoto.

—¡Dame una señal para continuar, porque sin ti me encuentro perdido! —

Pasaron las horas y el mensaje sigue sin llegar a su mente. Finalmente desesperado quema el cuerpo del moribundo para que sus cenizas sean esparcidas por el viento y pueda así contar a las cuatro esquinas del mundo la historia de tan bravo guerrero. Tras el arduo trabajo emprende la partida.

Justo al volverse para mirar por última vez la pira funeraria, y al intentar envainar su katana tras su espalda, puede leer unos caracteres dorados forjados en su espada, hace ya muchos años por el mejor kaji conocido, su padre Haruki.

El brillo del fuego purificador se refleja claramente en la inscripción tallada. Así en bellas letras doradas impresas a ambos lados de la afilada hoja de la temible katana el mensaje "no olvides quien eres" resonaba de nuevo en la mente de Gaizuki desde los más lejanos ecos de la eternidad.

El samurái sonríe de repente, algo se ilumina en su rostro. Son los recuerdos pasados y hace largo tiempo enterrados que volvían a renacer y a mostrarse ahora claros y nítidos en su cerebro. Apuntando con su mortífera espada hacia el sol, que de nuevo mostraba su luz por el este, gritó con todas sus fuerzas,

—¡Gracias padre, gracias Hashimoto, no lo olvidaré—!

En ese mismo instante, vislumbra como su padre y su maestro le sonríen abrazados desde algún hermoso lugar del insondable e infinito firmamento.

24

VENGANZA

Kenzaburo espera sentado dentro de su enorme tienda. Ha dado la orden de que le dejen solo. Ni siquiera permite que sus cuatro leales guardianes permanezcan apostados fuera de la misma. Espera la visita de alguien a quien ha estado esperado durante años y no desea ser molestado.

Ya ha pasado más un día desde la retirada y su momento de locura se ha difuminado en el tiempo. No sabe bien lo que ha sucedido pero intuye que su final se acerca. Está sólo y contento. Cuando se vive esclavizado de uno mismo, la muerte es la única salida que te ayuda a encontrar la paz. Así que lentamente se recuesta en su tatami y durante un buen rato cierra los ojos intentando transportarse a su paraíso soñado. Él también añora a sus antepasados y desea cabalgar libre junto a ellos y con todos los guerreros caídos en combates junto a él. Sí, en breve su liberación llegará. Ha vivido una larga vida y ha cumplido bien con la tarea para la que nació.

Siendo él casi un niño, Nagano el daimyo del clan rival, asesinó a su padre y a él no le quedó más opción que heredar el vasto imperio de su progenitor. Desde el principio, un joven samurái llamado Hashimoto, un gigante con las manos de acero y la corpulencia de un titán se hizo cargo de su educación. Le enseñó todo lo que sabía y hasta que se hizo lo suficientemente mayor para regir su feudo, su mentor le sirvió fiel y pacientemente. Ahora que estaba a punto de morir se uniría otra vez a él y juntos brindarían felices por haber cumplido con honor su cometido en esta Tierra.

Cuando sabes que vas a morir los últimos instantes de vida se vuelven hermosos, intensos, frescos y fluidos. Como el agua fresca de un río. Kenzaburo empieza ya a saborear el dulce néctar del presente infinito.

Comienza a atardecer y aún con los ojos cerrados el señor feudal advierte que ya no está solo en la tienda. Desde la penumbra de su oscuro lecho sus labios gesticulan la mueca de la sonrisa. Sabe que la muerte ha venido a visitarle y le da la bienvenida con una mezcla de tristeza y sosiego. Lentamente se gira y ve al espectro de pie cercano a él con la espada en mano y una larga y mojada melena negra cubriendo sus hombros. Durante largo tiempo ninguno de las dos figuras se mueve ni gesticula. Parece como si el tiempo se hubiera congelado. Finalmente Kenzaburo musita a la oscuridad

—Bienvenido a la tienda de tu señor, Gaizuki, te estaba esperando—.

Él no responde, tan solo mira con odio y desdeño al hombre que junto a él permanece todavía tumbado.

Kenzaburo comienza a sentirse algo incómodo por el silencio de su vasallo. Lentamente se levanta de su lujoso tatami para ponerse de pie frente a él. Ahora puede verle mejor. Son de una altura y complexión similares. Ambos llevan muchos años luchando y son hombres expertos en el arte de la guerra. Aun así, el daimyo sabe que no tiene nada que hacer si la lucha comienza. Él también es un samurái, y por lo tanto morirá luchando, así las siguientes generaciones cantarán su nombre con gloria.

Finalmente Gaizuki habla con voz lenta, profunda y poderosa:

—¿Por qué nos has traicionado? —

—Siempre te hemos servido lealmente y por cumplir nuestro juramento hubiéramos peleado por ti hasta los confines de la Tierra. ¿Por qué? —

Kenzaburo se da cuenta de que no sirve de nada ocultar la verdad, ha sido descubierto y ya solo le queda la opción de intentar asesinar a Gaizuki, porque si sobrevive su honor quedará mancillado por toda la eternidad y no podrá disfrutar de los jardines del éxtasis reservados tan solo para aquellos guerreros que vivieron y murieron con dignidad. Así que finalmente responde:

—Para encontrar mí libertad. —

Gaizuki no comprende, pero Kenzaburo con la vista perdida en la nada continúa su relato:

—Llevo años queriendo morir para liberarme de una existencia que yo no pedí ni deseé. Al morir mi padre heredé todo su imperio y también todas las responsabilidades que ello llevaba consigo. A pesar de ser el dueño y señor de todo cuanto tu vista puede alcanzar, yo también me vi obligado a adquirir unas rígidas normas de vida y de comportamiento. Cada daimyo o señor feudal está obligado por la tradición a aumentar y a conquistar el territorio heredado de su familia. Por ello no he pasado un solo año de mi vida sin pelear y conquistar—.

—He matado a tanta gente, violado a tantas mujeres y quemado a tal cantidad de niños y ancianos, que hace años que no puedo dormir porque los fantasmas de su recuerdo vienen a visitarme cada noche. He arruinado la vida de tantos hombres que el sonido de las monedas al chocar entre ellas me recuerda a sus voces quebradas pidiendo misericordia.

—Debido a mi orgullo, a mi vanidad y a mi sed de conquista, perdí mi alma. Mis guerreros estaban tan bien amaestrados que nadie era capaz de vencernos. Por eso cuando fui a tu poblado a recoger la katana que tu padre forjó para mí y te vi manejar la espada, supe al instante que tú serías mi libertador. Sabía que un día vendrías a asesinarme y a acabar con mi sufrimiento. Nunca ha habido un guerrero tan completo como tú, por eso ordené a Hashimoto que protegiera siempre tu vida con la suya. Tú eras el elegido para devolverme al paraíso del que fui expulsado siendo niño—.

Gaizuki escucha con estupor y desconcierto el relato de su señor. Ahora entiende la razón por la cual un día partió de su diminuta aldea. En este mismo instante el presente de dos hombres se unen en el mismo camino. Víctima y verdugo de un juego absurdo del destino. Siente como si ambos fueran marionetas de un extraño devenir escrito de antemano por aquellos que desde algún lugar lejano y distante manejan los hilos. Como si todo fuera un juego de dioses aburridos que se divierten con los humanos para ahuyentar sus propios días, todos iguales y todos perdidos.

Lleno de furia el invencible samurái levanta su katana al aire con la intención de clavarla en el corazón de Kenzaburo. A su vez éste baja los brazos y sonríe esperando el golpe definitivo. Lleva años esperando este momento. Por fin será liberado de su prisión.

Justo en el momento en que la espada está a punto de clavarse en el pecho, Gaizuki detiene la mortal embestida. Lentamente desaparece la rabia de sus ojos y la tensión de su semblante. Relaja todo su cuerpo y con lentitud y suavidad y dice:

—No voy a matarte. No eres digno de morir con gloria. Mi padre Haruki forjó esta katana para utilizarla con honor y no existe honra alguna en mancharla con tu sangre.

—Kenzaburo, ¡vas a vivir, y tu vida será tu desgracia! Cada día que pase recordarás el martirio de la infelicidad y de la deshonra. Nadie podrá arrebatarte tus tierras porque es algo que te pertenece por nacimiento. Pero ya nadie creerá en ti nunca más. Ningún otro samurái te servirá porque aquel que traiciona no es digno de nuestra protección. Ni siquiera practicarte a ti mismo el Hara Kiri limpiará tu nombre. Estás maldito y ni todo tu poder ni tus riquezas podrán jamás conseguir que tu nombre sea recordado. Vivirás largos años y cada vez más espectros vendrán a visitarte en tus noches oscuras. Morirás sólo y abandonado en tu lecho, viejo, enfermo y sin honor. Y tu cuerpo no será incinerado, porque tus cenizas serían escupidas por el viento hacia los más oscuros infiernos—.

—¡No puedes hacerme esto! — grita Kenzaburo en una agonía que quiebra su garganta. —Soy tu señor y te ordeno que me asesines—.

—¡Ya lo he hecho! — admite Gaizuki—. Tu nombre será borrado de la estirpe de los guerreros. Tu cuerpo seguirá con vida, pero tu alma ya se ha esfumado.

Vuelve a mirarle con lástima y desprecio, envaina su espada, se gira y sale de la tienda de su antiguo señor.

Los cuatro guardianes ven salir de la tienda al antiguo aprendiz con el paso ligero y la katana envainada sin echar la vista atrás. Luego vuelven su atención con preocupación hacia el lugar donde el daimyo habita. Tras unos breves segundos de silencio, un grito desconsolado y desgarrador se escucha tras las pesadas cortinas. No es un grito de muerte, es el grito agónico de un ser que ya muerto, sigue aún vivo. Al instante todos comprenden lo que ha sucedido y de inmediato se alejan de su objetivo. Un traidor no merece ser defendido, ni siquiera es lo suficientemente hombre para ser escuchado y comprendido.

Gaizuki está contento, se ha dado cuenta que ya no es marioneta del destino porque ha elegido. Ahora es un hombre libre que ha comprendido el verdadero camino del Bushido. Tan solo él puede escribir su propia vida y a base de elecciones trazar y encontrar su propio camino.

Está feliz porque al no matar a Kenzaburo ha conseguido refrenar su ira, dominar su orgullo, vencer a su propio rencor y eliminar su odio. Por ello sabe que ha logrado, sobre todo, aportar luz y sabiduría a esas partes oscuras que todos llevamos. Ayer perdió su primera batalla, pero hoy siente en lo más profundo de su ser que ha ganado su propia guerra interior.

25

RONIN

Tras deshonrar a Kenzaburo, su antiguo señor, Gaizuki parte del campamento sin importarle el futuro devenir de la guerra con Nagano. Ni siquiera sabe si el combate continuará, ya que un daimyo sin honor no cuenta con guerreros dispuestos a morir por su causa.

Lentamente se aleja de los demás sin que nadie sepa que no volverán a verle. Vuelve a casa, a la pequeña aldea en la que nació, para cruzar el riachuelo que la separa del bosque y por fin tras muchos años de espera y aprendizaje, encontrar quizás el valor para penetrar en su negra espesura y enfrentarse a sus miedos más profundos.

Ahora Gaizuki es un ronin, un hombre sin amo y sin futuro. En apenas unos breves instantes, la vida que ha llevado durante la mayoría de su existencia se ha desvanecido frente a él. Ahora está solo y desnudo ante el mundo. Al ser un ronin nadie le dará cobijo ni le alimentará. Nadie podrá asistirle ni proporcionarle trabajo ni sustento. Kenzaburo es un daimyo, un señor feudal, y aunque haya sido deshonrado, su poder es tal que aunque la fama de Gaizuki como guerrero sea reconocida, nunca nadie ha cambiado ni desafiado a la tradición.

Así, solo, vestido con su kimono y con su katana, parte sin echar la vista atrás rompiendo para siempre con los planes que los oscuros señores del orgullo, la violencia, y la avaricia habían escrito para él.

Un ronin es un samurái que ha caído en deshonra y que por lo tanto no tiene señor a quien servir. Es el peor de los castigos que puede sucederle a un guerrero, ya que no sólo ha de vivir con el peso del deshonor en su alma, sino que le será muy difícil poder sobrevivir porque el estigma que consigo acarrea es reconocido por el resto de los ciudadanos. Muchos ronins acaban convirtiéndose en ladrones y fugitivos que utilizan su fuerza y su poder para robar, o terminan juntándose entre ellos para cometer sus fechorías.

Gaizuki tan solo ansía volver a casa y retornar a su verdadero ser. Por eso en su largo camino de vuelta evita los caminos transitados, los pueblos y las aldeas. Ha sido entrenado para dormir a la intemperie, a cazar con soltura y a diferenciar y utilizar las diversas plantas para saber cuáles son nocivas y cuales beneficiosas para su cuerpo y alimentarse de ellas.

Los meses pasan lentamente, y el fin de la primavera da paso a un caluroso verano, y éste a su vez acoge con tristeza la llegada del otoño lluvioso. Gaizuki sigue con el lento y penoso camino emprendido, y cada vez se siente más débil. Se encuentra en una zona donde la comida escasea, pero su voluntad sigue inquebrantable y sigue marchando mientras su interior va aprendiendo a soltar su pasado.

A pesar de que a ojos de los demás es considerado un ronin, él sabe que el honor tan solo depende de su propia conciencia. Aunque no sirva a señor feudal alguno, él sigue siendo un samurái, porque un guerrero lucha sobre todo consigo mismo, y son las grandes o pequeñas victorias personales quienes le otorgan el sentido a su vida. Ya no lucha en batallas sangrientas ni cercena las vidas de sus enemigos, su verdadera guerra es consigo mismo.

26

AIKO

El tiempo sigue pasando inexorablemente, lento, sin ritmo, siempre hacia adelante, sin preocuparse de lo pasado, ni aventurarse al futuro. Tiempo interminable e indiferente, en su eterna marcha que todo lo impregna y todo lo enseña.

Ya llega el frío invierno. Las primeras y tímidas nieves aparecen en el horizonte cubriendo, con sus blancas pinturas, las lejanas cumbres. Gaizuki está ya cercano a casa, a su río, a su bosque, a su aldea y a los vagos y difuminados recuerdos felices del calor del hogar y de sus verdes pastos. Muchos meses han pasado ya desde la partida de su antigua vida como guerrero, y al pensar en ello le parece que fuera otro quien durante todos esos años, peleó por él y mató por dinero.

Llega a su aldea amada, sigue siendo pequeña, diminuta, como si casi no existiera. Todo sigue igual que antes, como si el pasado no se hubiera nunca marchado. Las mismas cabañas, idénticos olores, y el sonido hueco de martillos golpeando los metales que le llegan cercanos desde la antigua forja donde trabajaba su padre.

Asombrado y absorto por su vuelta al pasado, lentamente recorre todas las callejuelas embarradas del lugar donde nació. Nadie le reconoce, se fue siendo un niño y ahora vuelve como un hombre corpulento, vestido con un kimono sucio y una katana envainada en la espalda. Antes de pasar por la que era su choza, decide seguir su instinto y se acerca a la forja donde unos sonoros golpes le indican que ahí alguien trabaja.

Frente al dintel, recuerdos de su padre Haruki acuden a su memoria. Sabe que murió hace tiempo aunque durante todos estos años siempre le ha recordado. Sube las escaleras y justo en la puerta se deja embriagar por el olor de las brasas calientes, el del metal fundido y por el sudor de la figura que martillo en mano, golpea la hoja pacientemente.

Permanece quieto, callado, asombrado y cansado sin atreverse a entrar para no reencontrarse con su pasado. Con una mezcla de miedo y respeto mira al interior, mientras escucha el sonido rítmico y metálico del mazo que golpea sin cesar. Nota algo extraño, la figura que trabaja es demasiado pequeña, ligera y diminuta, como para poder forjar, aun así la destreza con la que se mueve delata que lleva tiempo en el lugar. Todavía solo ve la sombra entre la penumbra. No distingue su porte, aunque siente que es alguien especial. Finalmente, el espectro que en la forja trabaja deja de golpear con el mazo la hoja de la espada, y sin darse la vuelta a mirar a quien espera varado en la puerta dice con voz suave:

—¡Bienvenido Gaizuki, hace tiempo que esperaba tu vuelta al hogar! Por favor, entra y déjame verte—.

Sorprendido por el mensaje, vacila. Con rapidez desenvaina su katana para defenderse. Su instinto le indica que pasados tantos años nadie en la aldea puede reconocerle, así que tan solo alguien enviado por Kenzaburo, su antiguo señor, sabría que iba a volver.

—No temas. Nadie me ha enviado a buscarte, llevo años esperándote. Envaina tu espada, y entra en paz en la forja de tu padre — susurra la voz leyendo sus pensamientos.

—¡Brujería! —piensa Gaizuki. Debe de ser un espectro que lee mis sentimientos. A pesar de ello, obedece. Hay algo en esa voz que le hace sentir paz entre tanto sufrimiento. Envaina la katana y lentamente entra en la forja. Se acerca sigilosamente a la figura sombría que de pie le espera. Cuando ya está a su lado, se gira, y por primera vez puede ver su rostro iluminado por la hoguera.

En ese momento el mundo, la vida, la muerte, el dolor, la tristeza, el pasado, y el futuro se detienen y se vuelven presente. Él la mira, es una mujer. Tan bella, tan frágil, tan sutil y la vez tan fuerte. Por primera y única vez en su vida sabe al instante que ella es su otra parte, que el amor existe y que los días ya no serán iguales si no permanece a su lado. Un halo de luz recorre su cuerpo y Gaizuki se rinde completamente a la belleza del momento. Ella continúa mirando y siente como la penumbra de la forja se disipa, por un breve y fugaz instante, y se torna luminosa. Es el primer encuentro entre dos seres donde los universos se entremezclan y las estrellas resplandecen brillantes.

—¿Me conoces? — pregunta un tanto asustado.

—Eres Gaizuki, el gran guerrero. Aquel que siendo niño partió de la aldea para convertirse en quien es — responde la mujer con un tenue hilo de voz—.Sabía que algún día regresarías para recordar.

—¿Y tú quién eres? —

—Soy Aiko, la hija de Nakane, el gran amor de tu padre Haruki y que fue asesinada por unos salteadores —responde la mujer entre las sombras proyectada por las llamas de la hoguera. Y sin darle mayor importancia y con la mirada perdida en la penumbra, continúa hablando.

—Cuando tu padre y mi madre se conocieron y se convirtieron en amantes, yo ya había nacido. Mi madre, Nakane, era la amante de un poderoso señor que la repudió cuando se quedó embarazada de mí. Fue expulsada de la gran casa y tuvo que valerse por sí misma para sobrevivir. A su manera, también era una guerrera que luchó con orgullo y fortaleza contra las costumbres implantadas.

—Tu padre, Haruki, se encontró con mi madre en una de las muchas escaramuzas en las que como samurái participó. Nada más verla quedó prendido de su belleza y conoció al instante el significado del amor. Esa misma noche tras una batalla en la que luchó, y todavía con su cuerpo manchado de la sangre de sus enemigos y de los fantasmas de la muerte, tu padre buscó entre tantas tinieblas algo de luz que pudiera consolar su desolada alma. Mi madre Nakane era ese ser que le ayudó a salir de la tristeza y de la muerte. Tras una primera noche de pasión tu padre eligió no volver a empuñar nunca más una katana como samurái. Tomó esa decisión justo antes de quedarse dormido en los brazos de mi madre. Esa misma noche, tres salteadores atacaron la choza donde nuestros respectivos padres dormían. Y ahí fue donde mi madre fue asesinada por uno de ellos y la última vez que tu padre utilizó su arma para cercenar la vida de otras personas. Mientras esto sucedía, yo tenía apenas un año de vida y mi madre me había dejado al cuidado de unos familiares.

—¿Cómo sabes tú todo esto? ¿Cómo sabías que iba a regresar si ni siquiera me conocías ni sabías de mi existencia? —pregunta Gaizuki incrédulo.

—Al igual que tú, yo también cumplo la tradición y todos los días rezo a mis ancestros. Durante mucho tiempo no recibí respuesta alguna sobre el paradero de mi madre. Crecí pensando que no me quería y que había sido abandonada por ella. Muchas lágrimas de tristeza y abandono resbalaron por mis mejillas Un día ella se presentó ante mí en forma de sueño y me contó la historia. Todo era tan real que ni por un momento dudé que fuera inventado. En el sueño también conocí a tu padre, ya que el amor verdadero traspasa la muerte y la vida y une a aquellos que en la Tierra se amaron en libertad. Así que ambos me dijeron que viniera a esta aldea a ocuparme de la forja abandonada y a esperar tu llegada—.

—No sabía siquiera si existías, aun así decidí seguir mi sueño. A veces los actos de mayor locura nos acercan a nuestra propia verdad. Y un día llegaron noticias a la aldea de un gran guerrero invencible que luchaba para un daimyo en el Este. En ese instante supe que eras tú y en ese mismo momento pasaste a formar parte de mi vida, porque intuí que algún día regresarías—.

¡¡Sueños!!!. Ni siquiera sabemos si soñamos dormidos o si despiertos vivimos. Creemos que cuando al dormir ellos viajan hasta nosotros para mostrarnos caminos prohibidos y hace ya tiempo abandonados. Aprovechamos la postura tendida y la mente dormida para volar hacia reinos olvidados sin las trabas de los cuerpos densos que nos impiden transmutar los dolores vividos. Y cuando despertamos todo vuelve a esconderse en la profundidad de nuestras mentes activas, sin darnos cuenta de que el mayor de los sueños es aquel que practicamos a diario, cuando con los ojos abiertos olvidamos recordar aquello que Morfeo nos ha regalado.

Dormidos de día, despiertos de noche, el fugaz resplandor del momento nos mantiene cegados, sin enterarnos todavía, cuan ligera y efímera es la vida.

Allí entre las sombras de la forja y los recuerdos del pasado, Gaizuki recuerda de repente que hace muchos años un guerrero del futuro vino a visitarle. Su nombre era David, y desde que tuvo aquel sueño siempre ha sentido que ese hombre se había convertido en una especie de sombra luminosa que le acompañaba en su camino.

Aiko le mira con ternura y con el mazo todavía en la mano, admite que también ella soñó con una mujer guerrera que venía del futuro lejano. Ella le llamaba la mujer que conversaba con el mar, pero ella prefirió presentarse como Andrea. Su porte era esbelto, su cuerpo fibroso, de fuertes piernas y abdomen apretado. De alma fuerte, y corazón magullado.

En el sueño, Aiko reconoció en Andrea a ella misma. Y con tristeza admitía que se había equivocado. Porque confundió el verdadero poder de un guerrero con el de aquel que tan solo lucha para evitar ser dañado. Andrea no supo admitir que un guerrero sin amor tan solo es la mueca partida de un ser que ha fracasado. Porque si el poder que te ha sido regalado tan solo te sirve para defenderte de tus miedos, en vez de utilizarlo para servir y ayudar a aquellos más necesitados, se convierte en una maldición de la que no hay salida sin la ayuda de alguien más fuerte y equilibrado.

Un guerrero miedoso tan solo destruye mundos, vidas y universos, ya que el miedo le impide invertir su fuerza y su energía en proteger aquello que le es más preciado. Sus propios temores, tejen día a día una red tupida que poco a poco le envuelve y le resta alegría y sentido a su vida. Por este motivo Aiko mira con pena a Andrea, la temerosa guerrera del futuro. Porque siente que su confusión, su miedo y su tristeza la alejan de su verdadera misión. Un guerrero que confunde el miedo con el falso valor está muerto en vida porque su alma se le escapa con el viento y no encuentra sentido ni valía cuando en la soledad de la noche se mira por dentro.

Aiko suspira con tristeza mientras reconoce que ella no es muy diferente a Andrea. Y ahora ante ella está Gaizuki, un verdadero guerrero, que aunque vencido por las circunstancias y por su pasado violento, conserva su honor intacto. Y también mantiene la frescura y la lucidez de aquellos que han encontrado su camino sin importarles la furia del destino, ni los empujones que dioses lejanos les lanzan en un desesperado intento de alejar a esos seres imperfectos pero valientes que luchan con valor a diario, por permanecer eternos.

Ella le mira fijamente por primera vez desde que se encontraron. Observa que lleva la espada atravesada en su espalda. Y con un movimiento felino la desenvaina sin que Gaizuki tenga tiempo de reaccionar. Ya con la katana en la mano, Aiko la esgrime con soltura y maestría, como si hubiera formado parte de su cuerpo durante milenios. Él se asombra ante tanta belleza, nunca había visto a nadie hacer algo así de tal forma.

Tras cortar al aire durante unos instantes, con la misma velocidad con la que la hoja mortal ha llenado de silbidos el crepitar de la hoguera, Aiko coge con veneración la espada con ambas manos y le muestra a Gaizuki la inscripción tallada en la misma por su padre Haruki en esa misma forja. Él la lee con lentitud, como si saboreara cada palabra: "No olvides quien eres".

Tantos años de luchas, de sangre, de muerte, de olvido, todo lo que necesitaba saber estaba siempre a su lado, junto a él. En los momentos de gloria y en los instantes en los que la ola del éxito se desvanecía y tan solo quedaba el vacío que llega tras la caída. El mensaje viajó en su mano, pero creyó que necesitaba irse lejos para aprender lo que en un primer momento de inocente niñez le fue regalado. —¡Qué absurda pérdida de vida! —piensa Gaizuki mientras su rostro permanece empapado por el llanto.

Lágrimas de rabia, de dolor, de sentimientos olvidados y recuerdos lejanos. Vivas lágrimas de muerte, que silenciosas recorren las grietas de un alma vacía provocadas por ecos lejanos manchados de sangre ajena, de amigos que partieron y de últimos suspiros moribundos que el soplido del viento esparce.

Aiko a su lado permanece y comprende que a pesar de haber leído la inscripción muchas veces, Gaizuki no había, hasta ese mismo instante, escuchado ni sentido el susurro de su espada. El mensaje que toda katana repite incesante a su dueño. Tan solo los grandes samuráis son capaces de escuchar la voz de su espada. Ahora Gaizuki ha escuchado, y al mismo tiempo penetrado en el alma de su katana. Ojos enrojecidos por el llanto, corazón resquebrajado por el sufrimiento causado, y alma limpia por haber por fin comprendido, el verdadero camino del Bushido, el Camino del Guerrero.

—El infinito tiene dos maneras principales de comunicarse con nosotros —susurra Aiko—. Éstas son la risa y las lágrimas. Ambas tienen la misma función, que no es otra que eliminar todas las barreras de comunicación que los hombres creamos al inventar el lenguaje. Al principio de los tiempos, entre nosotros no existían las lenguas, ni las formas, ni las reglas. Nos comunicábamos con el fluir de la existencia a través del pensamiento y sobre todo del sentimiento. Éramos una parte más de la naturaleza. Luego con el tiempo nos alejamos del sentir y nos dedicamos a pensar. A partir de ahí empezamos a creernos más importantes y a diferenciarnos los unos de los otros. En ese momento comenzamos a poner nombres e inventamos los leguajes, las fronteras, las religiones y las razas. Entonces perdimos nuestra verdadera identidad y nos separamos del fluir. Por este motivo el infinito nos dejó la risa y las lágrimas, para volver a conectar con nuestra verdadera esencia y así poder volver a encontrar el camino a casa—.

—Por ello Gaizuki, llora ahora y comienza a andar por el camino que un día abandonaste. Tan solo estás aprendiendo a morir para después saber vivir—.

Dicho esto, Aiko besa con dulzura sus labios empapados de llanto.

Gaizuki cierra los ojos con suavidad y se permite sentir el dulce y embriagador contacto. Él había yacido antes con muchas mujeres pero a ninguna le había permitido que besara sus labios. Sabía que un día llegaría su otra parte y se reservaba para que fuera ella quien desvirgara sus labios con una dulce bienvenida a casa, con tan íntimo acto.

Tras el primer y embriagador contacto, llegaron los besos apasionados, las caricias furtivas y los cuerpos desnudos que ya sin barreras ni miedos, se entremezclan entre las sombras fulgurantes por el fuego de la hoguera dibujada. Y allí, en la herrería de su padre, donde miles de espadas mortales fueron forjadas, dos seres bendecidos, se aman en silencio, entre suspiros y jadeos que se entrelazan para siempre con lo eterno.

De los muchos maestros que Gaizuki tuvo, hubo uno muy especial que vino de un lejano país llamado India. Este maestro le enseñó el Tantra. La sutil y poderosa herramienta de la unificación, de la sagrada comunión de dos seres en solo uno. Según esta tradición, hasta que el hombre y la mujer no aprendan a olvidarse de su propia existencia y fundirse en un solo ser con su amante, ambos se sentirán separados de sí mismos. Por ello, toda esta filosofía iba enfocada a experimentar la unión de dos seres en uno solo y con el infinito. El viejo maestro enseñó a Gaizuki lo que él denominaba, "las meditaciones del amor", en las que el aprendiz intentaba sentir dentro de sí la unión con sus opuestos.

—Si consigues sentir esto en tu interior — comentaba el maestro, — te convertirás en un guerrero invencible, porque al unirte a tu enemigo este pasará a formar parte de ti y no podrá engañarte. Al mismo tiempo te convertirás en el mejor amante, porque al olvidarte de ti te unirás para siempre con la persona amada y ya juntos en un solo ser alcanzaréis el éxtasis más elevado.

Gaizuki aprendió el arte del Tantra para la guerra pero decidió esperar hasta encontrar a su parte complementaria para practicarlo en el amor.

Ahora junto a Aiko con ambos cuerpos desnudos, se sitúa frente a ella, sentado con la mirada enfocada en sus ojos. Sin palabras los dos saben que el verdadero baile de unificación ha comenzado. Ella comienza acariciando muy lentamente el cabello de Gaizuki sin dejar de mirarle. Tras unos largos instantes, retira su mano y la coloca suavemente en su vientre. Luego es él quien acaricia su melena suavemente mientras su mirada atraviesa como un rayo de luz su mente hasta que su mano se recoge y retorna a su ambiente. Ambos respiran al unísono, fluida y mansamente. Aiko alarga otra vez su mano, y sutilmente la apoya en la frente de su hombre, que ante ella, sonriendo, asiente. Y al tocarle, ambos sienten que ya no son dos seres, sino uno solo que suavemente asciende. Y así continúan durante horas recorriendo todo el cuerpo.

Dos almas convirtiéndose en una sola hasta que el universo les sonríe y el fulgor de las estrellas continúa brillando eternamente.

Dos seres separados entre sí que a través del amor han derribado por fin sus barreras y se unen en uno solo sin diferenciarse.

Tanto dolor, tanto sacrificio, tanta lucha y aprendizaje, para descubrir finalmente que tan solo es el amor el que da sentido a la existencia. Del amor nacemos y volver a sentirlo es hacia donde todos nos encaminamos de nuevo.

Y allí en un lugar apartado del mundo, dos personas descubren felizmente que la verdadera unión es la que nos envuelve y acuna en una danza de luna. El amor que unifica, que equilibra y que logra que dos vidas que parecen efímeras, se vuelvan eternas en solo una.

Tras el éxtasis, la separación vuelve y un solo cuerpo se divide otra vez en dos, hasta que quizás en un nuevo encuentro, el amor cause el milagro y los dos amantes se conviertan en uno solo.

Cada uno ya por separado retorna a su propio lago, aunque un sólido e indestructible puente ya está tendido entre ambos. Por ello los dos saben que algo dentro de ellos ha mutado para siempre.

Al separarse, vuelven los temores, las dudas y las cargas del pasado, porque cuando nos sentimos compartimentados la existencia se nos vuelve solitaria y carente de significado.

Nuevamente se miran, se acarician y Gaizuki decide cruzar la puerta cuando confiesa a Aiko que tiene miedo.

—¿Miedo de que? — responde ella.

—Supongo que a vivir. Por eso he estado siempre huyendo de mí mismo. Esa es la razón por la que me convertí en un samurái y elegí el Camino del Guerrero. Era un sendero difícil y tortuoso, pero otros ya lo habían caminado antes que yo, y eso me daba la seguridad de que si lo recorría yo también llegaría al lugar que ellos alcanzaron—.

Gaizuki toma aire con dificultad, con la memoria perdida entre sus recuerdos, y continúa su relato hablando en la penumbra de la forja, como si alguien más a parte de Aiko pudiera escucharle:

—Seguí el Código Bushido, con maestría, y llegué a convertirme en el mejor samurái que nunca ha existido. Tuve que pasar por todo ello para darme cuenta de que lo único que había logrado era intentar escapar de mí mismo. Por eso, cuando mi maestro Hashimoto murió en mis manos, al instante supe que debía retornar a la aldea y enfrentarme a mis propios temores. Por esto estoy aquí. Ahora te he encontrado y me doy cuenta de que lo contrario al temor es el amor y que lo que siento por ti me dice que ya no me hace falta buscar más, porque al conocerte he descubierto el verdadero significado de estar vivo—.

Aiko se aproxima todavía más a su hombre. Con ternura acaricia su pecho lleno de cicatrices producidas por innumerables batallas ya olvidadas, y con suavidad le dice:

—Todavía te falta una cosa por hacer—.

El masculino y viril cuerpo del hombre se tensa, su vello se eriza, su respiración se entrecorta. El temor invade su alma. El samurái sabe a qué se refiere.

Ella continúa hablando y sus palabras se le clavan como púas hirientes

—Has de penetrar en el bosque. Si no lo haces y te enfrentas definitivamente a tu miedo más profundo no podrás comprender el significado del amor, y todo tu esfuerzo y sacrificio tan solo te servirán para morirte lentamente, pero nunca llegarás a disfrutar del vivir—.

Aterrorizado, Gaizuki asiente. Es consciente de que mientras siga viviendo con temor no podrá sentir el éxtasis permanente de aquellos que al traspasar la barrera del miedo, logran situarse en la cumbre de la existencia y vivir una vida plena. Porque tan solo los que consiguen cruzar esa puerta terrible están llamados al gozo en vida.

—Si no lo hago sé que me perderé para siempre — reconoce el samurái—Por eso y porque hoy te he encontrado, libraré mi última batalla. Si muero, al menos lo habré intentado. Si venzo, sé que por fin me habré liberado. ¡Mañana entraré solo en el bosque!—

27

EL BOSQUE

Gaizuki, el samurái, está en lo alto de la colina. A su espalda, el acantilado rojo se yergue altivo, inmenso y solitario mientras es golpeado por la furiosa tempestad del mar. El guerrero permanece con una rodilla en el suelo y con su espada desenvainada y clavada en la nieve. Es un duro invierno, el frío, los blancos copos helados y el viento azotan su rostro y su musculoso cuerpo. Su larga melena negra es zarandeada por la tempestad y cubre la mitad de su rostro. No siente nada. Ha sido adiestrado para luchar, para vencer y si es necesario para morir. Por eso, aunque siente el frío y la nieve, su mente y su cuerpo están preparados para soportarlo.

A pesar de la tormenta invernal sus ojos permanecen clavados en el horizonte y en el valle que se alza, blanco y majestuoso, bajo sus pies. Apenas puede ver nada. Al fondo del valle se encuentra el bosque, cubierto ahora por un espeso manto de nieve. Al mirar a lo lejos tan solo puede vislumbrar las copas de los árboles y la negra espesura en su interior. A pesar de no poder ver más allá, sabe que ahora mismo entre los árboles y los matorrales, sus más terribles enemigos acuden a su encuentro.

Durante toda su vida ha estado esperando y a la vez evitando este momento. Todo su aprendizaje, sus largas horas de solitario entrenamiento y todas sus habilidades han ido siempre dirigidas para este combate final. Al mismo tiempo siempre ha temido que esta hora llegara. Sigue oteando el horizonte esperando cualquier señal que le indique que ya están allí Por eso su mirada sigue atenta, penetrante y profunda.

Espera que sus enemigos salgan del bosque. Ahora ya es consciente de que están a su lado, siempre lo han estado. Escondidos, mimetizados, tan cerca de él, que ni siquiera era capaz de percibirlos.

Ahora en la cima de la colina y con la tormenta agitando todos los recovecos de su alma reconoce que tiene la opción de elegir. Y eso le llena de temor. Porque hacerlo significa tener también la posibilidad de equivocarse. Y esa posibilidad hace que su corazón lata más deprisa, su cuerpo se tense, su cerebro se acelere y su alma se estremezca.

Siente que debe acercarse a la entrada y que los guardianes del bosque, que en forma de árboles permanecen erguidos, amenazantes e impasibles ante las peticiones de los humanos, accedan ante su deseo de penetrar en sus entrañas. Ellos, sus poderosos contrincantes habitan permanentemente allí y tan solo salen de su escondite para atacar, destruir y desolar cuerpos y almas en medio de las noches más profundas. Por ese motivo Gaizuki sabe que ha de enfrentarse a ellos a la luz del día, en su propia guarida. El enemigo nunca espera que su oponente tenga el valor suficiente para atacarle en su territorio porque eso supondría un suicidio.

Así pues desde lo alto de la colina el guerrero se yergue, se pone de pie, envaina su espada y se encamina con decisión y valentía hacia lo que puede ser la última batalla de su sangrienta vida. Es la misma colina sobre la que montado sobre su negro corcel divisó por última vez a su padre, que en el borde del río permanecía varado, despidiéndose de su hijo admirado y amado.

En apenas dos horas ha descendido la colina, cruzado el valle, vadeado el río que ahora en invierno está congelado, y con el corazón encogido, el cuerpo tenso y sus ropajes empapados, se sitúa, por primera vez en su vida frente al bosque denso, extraño, oscuro y enmarañado al que siempre ha temido.

Toda su atención permanece fijada en tratar de percibir alguna señal de peligro que le haga desistir antes de iniciar el camino. Pero el bosque permanece quieto, callado, parado, como si el invierno y la nieve lo hubieran adormilado. Los gruesos, enormes y ancianos guardianes de la entrada, que en forma de árboles permanecen estáticos, mudos y firmemente erguidos, aguardan silenciosos escuchar la petición del guerrero para que pueda entrar en su mundo ahora mortecino y callado, cubierto en invierno por un blanco y virgen manto frío y helado.

El hasta ahora invencible samurái se siente vencido por el miedo incluso antes de que el combate haya comenzado. Duda si pedir el permiso necesario para penetrar en el bosque, o si sería mejor darse la vuelta, evitar la batalla, y así sentirse seguro, tranquilo y a salvo. Pero su alma le dice que ha de entrar y enfrentarse a todo aquello que siempre ha evitado, porque si no lo hace ahora sus enemigos volverán a visitarle una y otra vez sin descanso, su vida se convertirá en un huir constante y convivirá para siempre con el fracaso de aquel que tuvo la oportunidad de combatir, y que por temor huyó sin cumplir su destino por la incertidumbre que se produce al no querer elegir el camino.

Intuye que en este mismo instante su katana no le sirve de mucho, aun así la desenvaina de nuevo, y con respeto se arrodilla ante los guardianes de la entrada y pide permiso para poder introducirse en la espesura y que el portón invisible del bosque le sea franqueado para que así el hombre solitario, espada en mano, pueda penetrar sin obstáculos en la blanquecina oscuridad del bosque inanimado. Se arrodilla porque sabe que cuando se desea viajar al reino de lo oculto tan solo la humildad es la llave que puede abrir la cancela que separa lo superficial de lo profundo.

Pasan unos instantes, que cuando se tiene impaciencia, parecen eternos. Silencio es la repuesta a su intento. Aun así permanece arrodillado, con la cabeza agachada sabiendo que los guardianes de la entrada están con su lento ritmo, consultando al alma del bosque si el extranjero es bienvenido, o si por el contrario deberá permanecer expulsado para siempre a las puertas de ese reino misterioso, noble y oscuro.

A su derecha se sitúa el río, que por el hielo que lo cubre, permanece en silencio, aunque por debajo la corriente eterna continúe su camino hacia el mar embravecido. A su costado izquierdo, extensas llanuras doradas en verano por el color del trigo tardío. A su espalda el acantilado rojo y el mar siempre bravío. Frente a él su destino, el bosque profundo, tan muerto y a la vez tan vivo. Sigue esperando el permiso para entrar, para viajar hacia sus temores de niño.

Pasa más tiempo sin que nada suceda. Está contento, porque sin el permiso de los guardianes no cruzará la puerta invisible, retornará a su aldea y evitará así la pelea con aquellos que agitan sus mareas. Cuando está a punto de levantarse, el viento comienza a silbar y al topar con ellas, las copas de los árboles se agitan silenciosas y alegres, todas a la par. Tan solo los viejos guardianes, que desde hace siglos vigilan la entrada permanecen quietos, porque están atentos a las señales que el alma del bosque les quiere enviar.

El viento se detiene ahora por completo. La naturaleza sabe con certeza que el silencio habla con voces mudas. El movimiento de las copas de los árboles cesa. El bosque entero intuye que el permiso para entrar le ha sido concedido al guerrero apostado en la entrada. Todo es quietud, menos para los dos guardianes, que a pesar del grosor de sus troncos dorados, se postran extasiados ante la figura arrodillada de Gaizuki.

—El alma del bosque ha hablado —dice uno de los dos vigilantes eternos con voz grave y pausada.

—Ha examinado tu interior y ha comprobado la fortaleza de tu espíritu. Ya estás preparado para enfrentarte a tu última batalla. Aquella que te llevará hasta tu muerte. Tus intenciones son puras y con humildad te has acercado a nosotros, por ello el permiso para entrar te ha sido concedido. A partir de ahora estarás sólo y nada ni nadie acudirán en tu ayuda en caso de necesitarla. Así que decide lo que vas a hacer, pero hazlo con rapidez, porque la duda es lo que hace que la mayoría de los hombres desistan de cumplir sus sueños—.

Todo el cuerpo de Gaizuki se estremece al escuchar la decisión del bosque. Duda por un instante. Está a punto de dejar el mundo que hasta ahora ha conocido para penetrar en el reino de lo oculto, de lo oscuro, de aquello que siempre ha temido. Como en otras ocasiones y siguiendo el ejemplo de su padre Haruki, cierra los ojos por un instante, inspira con profundidad y permite que el pulso de la vida le conecte con el ritmo de la existencia.

Tras unos breves instantes y con las rodillas clavadas aún en la fría y blanca nieve abre los ojos. Siente otra vez en su piel el helado viento chocando contra su cuerpo, escucha extasiado la suave melodía del río al fluir en su camino hacia el mar, observa los tímidos rayos del sol invernal, que tras las nubes luchan por hacerse notar. En ese momento se siente más vivo que nunca. Por primera vez tan solo siente la presencia de la vida dentro y fuera de él danzando una sintonía tan bella y armónica como breve y fugaz.

Y así, sin decir, ni pensar, ni temer, como el verdadero guerrero que es, se levanta y penetra en la profunda y blanquecina negritud del bosque inanimado mientras los dos guardianes sonríen enmudecidos ante la valentía de aquel que decide, por fin, enfrentarse a su destino.

28

MORIR PARA VIVIR

Gaizuki ya está dentro del bosque. Sabe que va a morir y está contento porque es un lugar hermoso para hacerlo.

Hace mucho tiempo que ningún extraño entra. Por ello no existe ningún camino trazado ni hay huella alguna que le indique una dirección concreta que le permita elegir un sendero por otros ya transitado.

Cuando elegimos enfrentarnos a nuestros propios miedos nadie puede andar por nosotros ni mostrarnos el camino a seguir. Es algo tan íntimo y personal que si alguien nos acompañara en este viaje, acabaríamos por hacer más caso al acompañante que a nuestros propios instintos. Por eso, tarde o temprano, toda persona que decide confrontar y descubrir su verdadero sendero ha de hacerlo en total soledad.

Según va entrando en el bosque este se vuelve más denso y oscuro. Al caminar lo que eriza el vello es el absoluto silencio que mora dentro de la maleza. Como samurái ha sido adiestrado para la caza y para la supervivencia en condiciones extremas. Tras tantos años de experiencia ha adquirido la maestría en descubrir huellas ocultas, en interpretar los sonidos de aquellos que moran en la naturaleza y en descifrar los mensajes y los olores que se entremezclan entre las raíces, el musgo y los efluvios de los árboles, los eternos habitantes de los bosques.

Por ello siente escalofríos. No es por el frío, sino porque

avanza y aunque ya lleva varias horas de camino todavía no ha descubierto ninguna huella, no ha percibido ningún olor ni escuchado ningún sonido aparte del de sus propias pisadas al andar. Es como si el bosque estuviera vacío. Y eso le estremece porque sabe que el silencio absoluto es el preludio de un peligro que permanece oculto esperando el momento apropiado para lazar su ataque rápido y mortífero.

Ahora se encuentra junto a un pequeño estanque jalonado en su superficie por verdes nenúfares. El agua negra y profunda también permanece quieta y callada, como conteniendo la respiración para evitar ser descubierta. Y dentro del estanque, una presencia peligrosa y esquiva lo observa todo. Es la eterna danza de la muerte y la vida que en un interminable baile maneja los hilos insondables de la existencia.

Bosque verde y profundo, teñido ahora de blanco por la nieve mortecina. Silencio, desolación, extenso almacén de todos aquellos sueños que nunca fuimos capaces de cumplir y que en el momento de marcharnos lamentamos no haber vivido. Y al final de nuestra historia nos damos cuenta de que lo único que hicimos fue vivir en el temor de un mañana que nunca llega.

El guerrero continúa atemorizado su camino. Espantado se da cuenta de que a pesar de haber dejado señales que le permitan descubrir el sendero de salida, se ha perdido. Nunca antes se había extraviado. Es un sentimiento nuevo para él y siente como por el miedo su corazón se acelera y de su frente caen gotas de sudor a pesar del frío. No ve ni oye nada en medio del vacío, pero intuye que una presencia le vigila desde que cruzó la puerta invisible que limita la entrada al bosque.

Justo ahora cuando tras muchos años de dudas y caídas ha decidido enfrentarse a sus más temibles enemigos, según se acerca a su morada se encuentra totalmente perdido, asustado y sin fuerzas para continuar el camino. Siente que ellos le vigilan y entre jadeos de cansancio percibe sutilmente las risas maliciosas de aquellos que durante toda su vida le han vencido. Ya no hay marcha atrás y aunque siente que su poder interno se ha ido, luchará hasta morir, porque él es un guerrero de luz, y solo aquellos que merecen ser recordados como tales combatirán hasta su último aliento.

Al decidir descubrir quiénes somos en realidad el camino desaparece y se vuelve invisible porque tomar esta decisión implica elegir rumbos y explorar latitudes no trazadas por nadie. Este es el motivo por el que desde de comenzamos este viaje nos sentimos perdidos. Porque nos obliga a salirnos de todo aquello que hasta ahora conocimos, y tan solo nosotros, paso a paso, podemos dibujar un nuevo mapa que nos lleve hasta concluir nuestro destino. Por esta razón casi todos desisten en cuanto llega la primera encrucijada y deben decidir el rumbo que han de tomar. Por ello tan solo los verdaderos guerreros luminosos continúan caminando en medio de la total oscuridad, y son tan escasos los que tienen la verdadera valentía para perseverar.

Sigue adentrándose en el tortuoso y arbolado bosque. Cada vez le resulta más difícil avanzar y a veces tiene la sensación de andar en círculos. Teme perder la poca cordura que le queda. De tanto dar vueltas sobre el mismo lugar su entusiasmo del principio se torna en desesperación. Cree que está parado pero aquel que camina tarde o temprano logra avanzar aunque le parezca que se haya varado en medio del azar.

Finalmente llega a un claro. Puede entrever algo de luz a través de las copas de los árboles. Está agotado y sediento. Con cuidado coge algo de nieve entre sus manos y se la lleva a la boca para saciar su paladar. Sabe que ha de hacerlo con cautela porque beber nieve puede acabar por deshidratarlo del todo. Ya en el claro junta unos pocos matorrales y se hace una pequeña choza donde protegerse para descansar. Está exhausto tanto mental como físicamente. El silencio sigue envolviéndolo todo con su halo de misterio y finalmente se tumba y se queda dormido. Justo antes de hacerlo mira a su espada y el recuerdo le devuelve a su infancia, a la forja y a la mirada de su padre. Así, mecido por el consuelo de recuerdos pasados cae dormido sin saber que muy cerca de él un ser vigila todos sus movimientos.

Justo antes del amanecer despierta sobresaltado. Alguien ha estado en su choza. Todavía son los instantes antes del amanecer, en los que la oscuridad de la noche alcanza su momento hegemónico. No puede ver las pisadas pero puede oler el cuerpo de quien ha estado allí. Duda, pues no sabe si está soñando o si es realidad. Su instinto se agudiza y el olor se desvanece entre el límpido resplandor del amanecer y la bruma exudada al aire por el rocío de la vegetación. Rápidamente se levanta, da las gracias a su guarida por protegerle durante esa noche, y prosigue su camino.

Nada más alzarse ve a lo lejos algo parecido a una figura humana que le resulta familiar entre la niebla. Un poco más adelante encuentra algo de fruta puesta para él por alguien desconocido en una hoja de parra. Ahora sabe que no está sólo en el bosque. Comprende la sensación de ayer al sentirse vigilado. La hora del combate está próxima pues su enemigo ya le ha dado el primer aviso de su presencia e intuye que pronto comenzará la lucha. Por este motivo, decide coger fuerzas y comer de la fruta ofrecida. Antes de probarla la observa con atención y la prueba con cuidado. Tras el primer bocado se asegura de que no está envenenada por lo que finalmente se la come con voracidad. Con este gesto averigua que su oponente es honorable. Quiere luchar frente a frente y eso eleva su moral ya que hasta ahora nadie le ha vencido en un combate cuerpo a cuerpo.

Tras haber dormido, comido y bebido siente como la vitalidad ayer perdida retorna a su cuerpo, a su espíritu y a su mente. En su cerebro agradece cada segundo que sufrió de duro entrenamiento, pues ahora está preparado para enfrentarse a tan magno evento. Se detiene por un instante y agudizando los sentidos ve ahora con total claridad la figura de un hombre no muy alto aunque musculoso situado frente a él, vestido con extraños ropajes y sin armas. Al igual que antes la figura le resulta extrañamente familiar. No tiene tiempo para pensar más porque el guerrero que ante él se encuentra comienza a moverse. Al principio lo hace lentamente, pero en pocos segundos incrementa su velocidad y se escapa, ladera abajo, por la pendiente.

—Ahora comienza la batalla —piensa para sí mismo Gaizuki. A la vez que aprieta los dientes, desenvaina su katana y se lanza rápidamente a la persecución de su oponente. Los dos hombres se convierten en presa y cazador. Uno persigue al otro pero Gaizuki no consigue alcanzarle. Por un momento se detiene extrañado, pues nunca antes había conocido a un hombre tan rápido. La persecución prosigue durante horas, ambos hombres se introducen en un callejón de altas rocas cuyo final está cegado por un montículo elevado. A ambos lados hay enormes árboles. Ahora el enemigo se encuentra acorralado. Con un movimiento imposible, la presa humana da un salto y rebotando de un árbol a otro se coloca en la copa de uno de ellos. Gaizuki no puede creer lo que está viendo. Tan solo él había sido capaz de hacer eso por lo que ahora sabe que se encuentra ante otro guerrero tan excepcional como él. Aun así no hay ya tiempo para pensar, por lo que con la misma facilidad que su adversario se coloca él también en la copa de otro árbol.

Ahora los dos hombres se encuentran en la cima del bosque y quedan maravillados ante la magnitud del mismo. No hay tiempo ahora para la belleza, tan solo para la guerra. Por lo que otra vez se lanzan en una persecución mortal de copa en copa. Los dos contrincantes, entre salto y salto, mantienen un precario y casi imposible equilibrio inhumano. Con una agilidad inusitada, la presa se lanza al vacío y con una pirueta dantesca y a pocos metros del suelo se agarra a una rama de bambú y aprovechando el impulso y la flexibilidad de la misma consigue frenar su impacto y caer con suavidad al suelo. Gaizuki acongojado le sigue y cae junto a él. Nada más hacerlo el otro hombre vuelve a lanzarse a la carrera, y así continúan hasta casi el anochecer.

Ambos están agotados, pero el que está vestido con extraños ropajes no deja de reírse todo el tiempo. Finalmente el samurái le pide una tregua para descansar y continuar al día siguiente, a lo que le responde:

—Hoy has combatido dignamente y has tenido la humildad de pedirme tiempo para descansar —musita entre dientes su contrincante—. Te lo concedo aunque quiero que sepas que nunca podrás alcanzarme—.

A pesar del cansancio reconoce la voz de su adversario aunque todavía no sabe por qué.

—Es cierto que hoy has sido más rápido que yo pero eso no significa que lo seas mañana—.

—Por supuesto que lo seré. Pero Gaizuki, esta no es la razón por la que no puedes llegar hasta mí. El verdadero motivo es porque yo soy tu futuro y el futuro nunca es alcanzable, porque al llegar a él se convierte en presente y su existencia pierde todo sentido.

—¿Cómo conoces mi nombre? — responde asombrado.

—¿Todavía no me has reconocido? —replica su oponente sonriendo.

Gaizuki fija su mirada en él y durante unos instantes busca entre sus recuerdos. Ha luchado con tantos hombres que aunque le resulte conocido no logra ubicarlo en ningún lugar de su mente.

—Por la perplejidad con la que me miras veo que aún no lo sabes—

De repente el silencio vuelve entre ambos. Los dos hombres se miran por primera vez a los ojos. Uno observa con seguridad, el otro con duda y perplejidad. Ninguno hace gesto ni movimiento alguno. Gaizuki sigue indagando en lo más profundo de su cerebro buscando respuestas.

Pasa el tiempo, minutos que raudos vuelan hasta morir en sesenta segundos que luego resucitan para reiniciar otro vuelo que terminará en el mismo destino que sus antecesores. Finalmente la mirada del samurái muestra su derrota al no ser capaz de recordar quien frente a él se encuentra.

—Soy el guerrero de un tiempo futuro que vino a visitarte a tu choza en sueños cuando comenzaste tu adiestramiento como samurái hace ya muchos años.

—Soy David, aquel en quien te convertirás un día muy lejano—

Paralizado, aterrorizado y sin comprender nada, Gaizuki deja caer su katana al suelo vencido por la incredulidad de lo que acaba de escuchar. Ahora recuerda que cuando soñó con el guerrero de extraños ropajes, este al despedirse le dijo que volvería algún día a visitarle. Con el tiempo lo había olvidado todo y ahora su mente intentaba explicarle como el sueño de alguien del futuro podía convertirse en el presente en un hombre real.

Como si leyera sus pensamientos, David se acerca a él y con

suavidad le toca en el hombro.

—Tus miedos y los míos son los mismos ya que en un futuro yo seré tú —responde David. Por este motivo los dos teníamos que encontrarnos en el bosque, el lugar que has temido durante toda tu vida. Por fin decidiste enfrentarte a tus temores, que no son más que historias que tus mayores te contaron cuando eras pequeño y que tú tomaste como ciertas.

—Este bosque es como los demás en los que has estado. Recuerda como de joven tu maestro Hashimoto te llevó a un lugar similar a éste y para comprobar tu valentía te dejó solo allí durante días, sin armas, ni comida. Y tú siendo casi un niño sobreviviste. La única diferencia es que en esos momentos confiabas en ti mismo y supiste controlar tus miedos. Sin embargo siendo pequeño te creíste lo que otros te contaron en vez de buscar las respuestas en ti.
—Has necesitado marcharte de tu aldea y someterte a una dura y férrea disciplina militar. En tu aprendizaje necesitaste asesinar con tu espada a muchos hombres. Tuviste que seguir el Código Bushido, el Camino del Guerrero, hasta convertirte en el mejor samurái que nunca haya existido, a pesar de que en tu interior sabías que seguías el camino que otros ya habían pisado antes que tú. Yaciste con muchas mujeres, y retornaste muchos años después a tu aldea para conocer a Aiko, el verdadero amor de tu vida. Y solo a través del amor has podido encontrar el valor dentro de ti mismo para enfrentarte a aquello que más temías. Y ahora que lo has hecho has descubierto que tus miedos eran irreales y que este bosque es tan solo uno más. Y por eso, hasta que no decidiste enfrentarte a tus temores, salirte del camino andado por otros, y crear el tuyo propio, no podía yo encontrarme contigo. Porque yo te esperaba siempre al otro lado.

—Y ahora que lo has hecho también yo sé que mi vida ha cambiado, porque ahora que tú, Gaizuki, te has enfrentado a tus propios fantasmas y has logrado recordar quien en realidad eres, yo me he liberado. Borraste tu nombre y tu memoria para que así cayeran los muros de tu historia y con ellos la mía.

—Todo lo que has hecho en tu vida eran los pasos que necesitabas recorrer para llegar hasta aquí. Por ello cuando mires hacia atrás agradece todo aquello que has vivido, porque si no lo hubieras hecho serías alguien distinto. Y yo también, porque todo tu aprendizaje me ayudará a mí, en el futuro, a convertirme en el verdadero guerrero que soy.

—Por eso desde el otro lado de la eternidad venías a visitarme en sueños, porque sin tu saberlo me enseñabas a través de tus experiencias a enfrentarme a las mías. Durante muchos años me sentí cobarde y vacío. Sin las fuerzas necesarias para tomar decisiones, que por no hacerlo, detenían mi vida. Así que con tus luchas, tus miedos, tus dudas, tus derrotas y tus victorias, algo en mi interior iba cambiando.

—En mi mundo casi todos vivimos adormecidos, aunque parezca que estamos despiertos. Ninguno recordamos quienes somos porque nos han enseñado a vestirnos y a pensar de forma parecida. Nos han inculcado que los valores a seguir son el dinero, la fama, y el poder de lo externo. Todos nos hemos convertido en calcos y clones repetidos. Todos tan iguales y a la vez todos separados en nuestras pequeñas islas llenas de temores y miedos. Nos dejamos convencer por otras personas de que lo que nos hace felices es aquello que no tenemos y por ello vivimos persiguiendo sueños que ni siquiera son nuestros. Y cuando conseguimos alcanzar aquello deseado, pierde al instante todo su valor porque nuestra mente ya se ha enfocado en una nueva meta absurda, que durante meses o años nos mantiene ocupados. Y así pasamos nuestras vidas, soñando despiertos que algún día llegaremos a la meta fijada y podremos pararnos. Pero ese día nunca llega porque vivimos enfermos y obsesionados por conseguir objetivos que otros nos han fijado, aunque en nuestro interior sentimos realmente que somos desdichados. Y todo porque lo que en verdad nos sucede es que nos hemos despistado y no nos mantenemos atentos a aquello que realmente sentimos.

—Esa es la razón por la cual tú me has mostrado que el verdadero camino consiste en no desear nada externo, porque ese es un don que tan solo por el hecho de estar vivos nos es regalado. Aquel que nada desea ha encontrado en su interior el verdadero tesoro al que solo a aquellos que tienen el valor de enfrentarse a ellos mismos les es revelado. Porque cuando nada deseas conectas con ese vacío tan lleno y profundo que todo unifica y todo te es otorgado. Por ello viniste a mis sueños, para en el futuro convertirte en mí y que así tu valentía, tu coraje y tu gallardía fuesen mostradas y esparcidas por el tan necesitado y perdido mundo.

—Al vencerte y enfrentarte a tus miedos, aunque fueran imaginarios, te has convertido en un guerrero cuyo único motivo es vencerse a sí mismo, y compartir tu aprendizaje con el resto de tus hermanos humanos. Y al hacerlo, enseñas y ayudas a otros que es posible alcanzar el milagro de la existencia y de vivir el cielo en la tierra tan solo con rendirse al presente y con no desear nada.

—Lograste encontrar en ti el valor necesario para enfrentarte a tus temores y a tu soledad y venciste. Y el resultado de esto es que has conseguido morir a todo tu pasado para así vivir desde tu presente. Y eso es algo que solo aquellos que tienen el coraje de morir para vivir logran alcanzar. Y por todo ello te doy las gracias Gaizuki, porque con tu ejemplo, tu valor, tu perseverancia, tu fuerza y tu confianza has logrado enseñarme a mí el camino de vuelta a casa. Ese que todos buscamos cada día y que por algún motivo extraño, casi nadie logra encontrar—.

Y diciendo esto David se inclina con un halo de profundo respeto, agradecimiento y admiración ante su ancestro Gaizuki, el único samurái que ha logrado hasta ahora convertirse en un verdadero guerrero de luz.

Gaizuki observa a David y por fin comprende el sentido de su vida. Al hacerlo siente a su padre Haruki, a su maestro Hashimoto y a todos los hombres a los que ha dado muerte junto a él. Todos le sonríen porque saben que el sacrificio de todos ellos ha merecido la pena, ya que por primera vez en muchos eones un hombre ha conseguido liberarse en vida. Y porque observando a David todos saben que él también se convertirá en un guerrero luminoso que continuará la estirpe de aquellos que un día supieron que el camino hacia el despertar pasa primero por una muerte dolorosa que luego nos conducirá a vivir una vida completa y gloriosa.

29

SHUNIA

Tras la experiencia vivida junto a Gaizuki en el bosque David ya no es la misma persona. Al tener el mismo valor que el samurái para enfrentarse a sus miedos su vida comienza a resurgir, fresca y limpia, como el nacimiento de un río en una montaña nevada al comienzo de la primavera.

Al igual que su sabio ancestro japonés, llega sólo a una hermosa playa de arena blanca en Tarifa, un hermoso pueblo al sur de España. Está atardeciendo y la tonalidad que el sol adormecido impregna en el inigualable lienzo del horizonte, llena su alma de sosiego y de paz.

Allí en una exquisita soledad, recordando las lecciones que de Gaizuki aprendió, traza con su mano un círculo que le recuerda sus propios límites. Una vez dentro del mismo, forma un montículo de arena para que al sentarse, su pelvis bascule un poco hacia delante y así su espalda se mantenga erguida y la posición le resulte más cómoda. Frente a él se encuentra su mar amado. Siempre cambiante, siempre fluido, siempre contando historias, y a la vez, siempre callado.

Cierra los ojos, entrecruza sus manos y allí dentro de su círculo dorado comienza a escuchar los murmullos del mar, el chillido continuo de las gaviotas en el aire y siente la caricia del viento en su piel. Intenta concentrarse pero según pasa el tiempo hay algo que no le permite reposar. Por fin descubre con una sonrisa aquello que le causa pesar. Él mismo se ha encerrado en su círculo, no se ha permitido escapar. Se ha auto impuesto límites que no le dejan avanzar. Por primera vez es consciente de esto. Recordando a Gaizuki en vez de enfadarse consigo mismo, sonríe, se levanta y mira al horizonte. Ya no quiere permanecer encerrado en su propia jaula mortal. Baja la mirada a la arena observa el círculo trazado por él en el suelo y su alma le indica que ya es hora de volar. Sigue sonriendo y con sus manos comienza a borrar de la arena la línea redonda, el escudo protector que el miedo le obligó inconscientemente a dibujar. Una vez destruido física y metafóricamente el círculo, vuelve a sentarse en su montículo de arena cierra los ojos y decide relajarse completamente y dejar su vida al azar.

Al instante de hacerlo algo en su interior comienza a mutar. Sigue sintiendo el sonido del mar, a las gaviotas graznando en el aire, al viento murmurando y a los tímidos rayos del sol calentando su hogar. Pero todo eso ya no es algo que exista fuera. Todo lo siente dentro de él mismo, como algo natural. David sigue profundizando y en estado de éxtasis y felicidad llega al lugar llamado por los yoguis más experimentados "Shunia". Ese silencio limpio, tranquilo y pacífico que se sitúa traspasando el propio ruido mental. Alcanza ese estado al que tan solo aquellos que se rinden completamente ante la vida pueden llegar. Y allí comprende por fin que es libre. Siente que todo es uno, que no hay más límites ni cárceles que las que nosotros mismos nos construimos. Observa como desde su ombligo su poderosa luz interna explota en millones de semillas estrella que se expanden, se funden y danzan al unísono con la vida misma, en un interminable y siempre cambiante bailar. Recuerda con alegría la lección que Hashimoto enseñó a Gaizuki al recordarle que su fuerza y su verdadero poder residían en su hara, en su abdomen.

Sí, David siente que al eliminar sus límites en vez de sentir miedo tan solo experimenta expansión, alegría y libertad. Y desde ese estado de profundo silencio, de "Shunia", comienza a llorar. Lágrimas saladas, valientes y mojadas que le recuerdan que él también es mar. Su alma se derrite, se fusiona, se entremezcla con todo aquello que tuvo que experimentar. Lágrimas sanadoras, tiznadas de luz, de risas, de penas que le trasportan a tiempos pasados, y futuros aún por llegar. Lágrimas que profusas resbalan por sus mejillas hasta caer temblando por las emociones a la blanca arena y retornar así, otra vez, al mar. Y de esta forma todas las células de su cuerpo y las neuronas de su cerebro descubren que al rendirse completamente y destruir las barreras y los límites que nos hemos creado, nuestro guerrero interno se convierte por fin en la fuerza interna que nos impele y nos enseña a volar y a vivir en libertad. David comprende que al decidirnos a ser libres, morimos para siempre para vivir desde otro lugar de la existencia siendo todos uno en total hermandad. Esa es la enseñanza que el guerrero nos viene a enseñar. Que el miedo tan solo separa, pero que la valentía de eliminar para siempre nuestros muros protectores y el amor, nos unen a todos en uno solo ser eterno que vive con luz, alegría interna paz.

David sigue sentado frente al mar, con los ojos cerrados y el sol casi descendiendo por el horizonte en su diaria carrera cenital. Todavía en silencio en su rostro se dibuja una inmensa y luminosa sonrisa hasta que con fuerza toma aire para hablar:

—¡Gracias por regresar hasta mí! —dice convencido al vacío.

Lentamente abre los ojos y ve frente a él a Andrea que con el cuerpo aún empapado por un agua salada formada por millones de lágrimas vertidas a través de los siglos, sale del mar tras años de profunda soledad.

Ella le mira con ternura, con amor y le sonríe: —¡Gracias a ti por esperar! Nunca me fui de tu lado, pero el miedo me hizo esconderme y huir—

David se acerca y huele su olor a mar: —Yo también tuve miedo, pero quiero que sepas que durante todo este tiempo has estado aun sin estar. En todos mis viajes, en mis pensamientos, en mis noches solitarias, siempre estabas tú. Como si ya formaras parte de mí.

No hacen falta más palabras. Ya no hay divisiones, no hay más muros que derribar ni batallas que librar. Los dos ya están en casa, han logrado en vida triunfar. Ambos reconocen en el otro los procesos y tormentos pasados en soledad para poder así, tras un tiempo, volverse a encontrar.

Al mirarse fijamente ambos saben que los dos se han convertido en un solo ser, que aunque tiene dos cuerpos y dos historias personales diferentes, ha decidido unirse en almas compañeras. Dos guerreros infalibles que tras muchas luchas han logrado liberarse en vida y caminar juntos. David y Andrea han comprendido al fin, que tan solo el amor elimina todos los límites que les separaban de la paz, el amor y la felicidad.

Entrelazan sus manos con una mezcla de nerviosismo y dulzura y juntos comienzan a caminar por una playa de arena blanca y dorada en Tarifa. Frente a ellos, un acantilado rojo se alza majestuoso naciendo desde las abisales profundidades del mar. El acantilado termina en una suave colina de verdes pastos peinados siempre por el viento de levante, que suave y alegre merodea por aquel lugar. Sobre la hierba fresca de la colina dos figuras observan serenamente desde lo alto a David y Andrea caminando juntos hacia su felicidad. Ellos a su vez desde la playa miran hacia la colina del acantilado rojo, y reconocen al instante a Gaizuki y a Aiko, que unidos para siempre les sonríen sin cesar. Cuatro almas unidas en una sola que a través del tiempo y de la eternidad han aprendido definitivamente que un guerrero sin amor, pierde su vida, su historia, y su memoria se difumina para siempre entre las interminables olas de la inmensidad. Tan solo en amor y libertad podemos encontrar el valor y la alquimia que nos haga trasmutar definitivamente para que así nuestras vidas dejen huellas imborrables y perecederas en el alma de este mundo y quizás también en la eternidad.

AGRADECIMIENTOS

A mis padres, con toda mi alma os agradezco lo mucho que me habéis amado.

A mi hermana Patricia. Fuiste la única que con valentía y amor permaneció en el barco aun cuando este se hundía. Nunca he estado tan orgulloso de alguien como de ti. Tu fuerza me ayuda a vivir.

A mis guías y amigos de lo invisible y de lo visible, por mostrarme que no estoy sólo y que tampoco estoy loco.

A mi amiga Marisa por existir. Haces que mi vida sea más hermosa cada día.

A mi querida Maite, por estar continuamente a mi lado y por confiar siempre en mí incluso cuando yo me sentía un fracasado. Gracias por ver más allá, por tu risa continua y por tu profundo amor hacia mí. Tú también eres una verdadera guerrera y para mí tu ejemplo y tu luz son lo que me sostienen y guían cuando me siento perdido.

A Fidel y a Tesa por enseñarme a recordar que desde siempre y por siempre soy luz. Lo había olvidado y gracias a vosotros volví a sentirlo y a recordarlo.

También a A.P, porque gracias a tus miedos me obligaste a enfrentarme a los míos propios. Nunca podré agradecerte suficientemente lo mucho que he aprendido al haberte conocido.

Al escritor japonés Haruki Murakami por escribir su libro Kafka en la Orilla. Tras leerlo algo en mi vida cambió y mi concepto de la literatura pasó del mundo de lo real al de la magia.

A Sonia por darme el impulso final y por ayudarme a editar este libro, eras la chispa que me faltaba.

Y a todos aquellos que os habéis cruzado en mi vida y a los que todavía habréis de llegar. Cada uno de vosotros me ayudasteis en el pasado y lo seguiréis haciendo en el futuro a recordarme quien soy.

BIOGRAFIA DEL AUTOR

Diego es economista, empresario, profesor de Yoga, fisioterapeuta, y Dive Master.

Ha trabajado y residido durante años en Estados Unidos y en varios países europeos. Habla 6 idiomas y ha colaborado e intervenido en el programa de TVE 2 Acción Directa.

Desde siempre ha mostrado un gran interés por todo tipo de culturas, y tras numerosos viajes, ha trabajado, y a día de hoy lo sigue haciendo, como cooperante en el sur de la India y para la Fundación Acción Geoda, ayudando a la etnia Bereber, en el Alto Atlas marroquí.